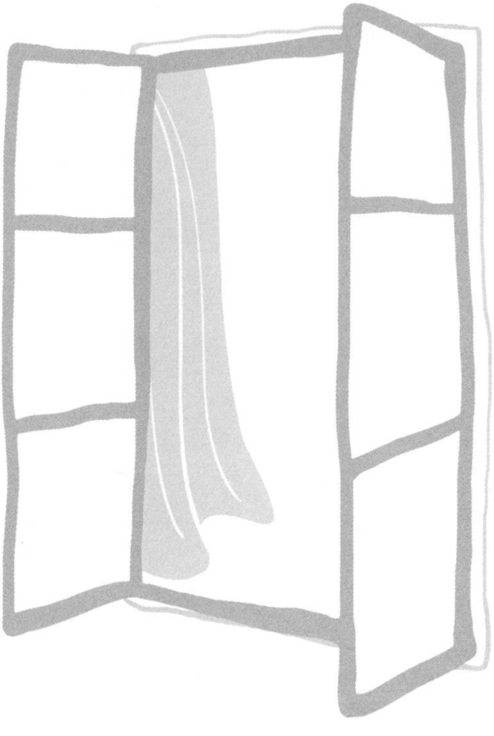

你的人生，我來整理

垣谷美雨　著
林佩瑾　譯

CONTENTS

案例一

清算

永澤春花走出下北澤車站的剪票口，前往自己的租屋處。

回家途中，她去超商買了什錦炒麵、可樂、艾草大福跟起司蛋糕。

昨天才下定決心，決定白天要飲食均衡，晚上只吃沙拉跟優格，怎麼一下子就破戒了呢？看到超商的商品架，自制力就宣布罷工，真是窩囊。

一打開獨居套房的門，酸臭味倏地撲鼻而來。

又忘記倒垃圾了。今天早上剛踏出大樓，她就想起今天是可燃垃圾日，可惜沒時間也沒力氣折返。算上今天，已經連續兩星期沒倒垃圾了。如果是冬天倒還好，遇上梅雨季，臭味就厲害了。這下得再套一層垃圾袋丟到陽臺才行。

玄關地板鞋子一大堆，疊了好幾層，有淑女鞋、休閒鞋、運動鞋、拖鞋……上班鞋、正式場合用的鞋、日常便鞋，全都混在一起。冬季長靴橫躺在正中央，春花踩過那些鞋，將今天穿了一整天的淑女鞋脫在昨天穿過的淑女鞋上面。

她穿越短短的走廊，走到客廳打開電燈。這是五層樓高的小型公寓，不過格局是一房兩廳一廚，約十二坪大，一個人住算得上豪華了。房租很貴，但好歹她也在大型壽險公司的公關部門做了十年，薪水還過得去。

奇怪。

春花不自覺在客廳門邊停下腳步。

好像哪裡怪怪的。

客廳跟早上出門前不大一樣。到底哪裡不一樣？春花匆匆掃視四周。

地上散落著一堆東西。

空盒、塑膠袋、毛皮大衣、紙袋、原子筆、褲腳沾了乾泥巴的牛仔褲、紙箱、襯衫、信、洋裝、雜誌、迴紋針、烘被機、訂書機、照片、外套、醫藥箱、衣架、針線盒、透明膠帶、襪子、浴巾、書、工具箱、掛著吊牌的帽子、毯子、車站前發的面紙、墨鏡、纏著頭髮的梳子、項鍊、CD、絲巾、黑色禮服、人造花、封箱膠帶、又是訂書機、化妝包、OK繃、髮捲、玩偶、咖啡色包包、藍色包包、乾電池、燙衣板、噴霧器、影印紙、便條紙、筆記本、隨身鏡、日曆……

她早就見怪不怪了。東西實在太多，就算什麼東西不見了，她也看不出來。

房間盡頭有個用吧檯隔起來的廚房，那裡也成了垃圾山，稍微有什麼變化，她是看不出來的。

當初房仲第一次帶她來看房子時，她還覺得這房間真清爽，如今卻一百八十度大轉變。南邊有扇通往陽臺的大落地窗，西邊則有邊間獨享的時尚凸窗。

啊！

凸窗打開了幾公分。

難怪剛剛覺得好像有風。

是誰開的？

春花有股不祥的預感。

她知道爸媽上東京了。家鄉的前議員在品川慶賀八十八歲大壽，於是媽媽打電話來問祝壽完能否順道來探望春花，被春花一口拒絕。這種房間，怎麼能讓爸媽看到呢？

地上滿是雜物，走到窗邊根本是不可能的任務；但是仔細一看，竟然有一條小徑通往凸窗。凸窗也堆滿了書跟雜誌，媽媽應該是伸手穿過小小的縫隙，去打開了窗戶的鎖扣。

此時，手機響了。

——喂？小春嗎？是媽媽啦。

「媽，妳該不會擅自闖進我房間吧？」

——我也覺得這樣做不好，可是爸媽很擔心妳啊。妳也不回來岡山，難得我們上東京一趟，也不讓我們去看妳。

「爸爸該不會也跟來了吧？」

——是啊。妳爸爸嚇得魂都飛了，還以為妳信了什麼奇怪的宗教呢。

「你們是怎麼進來的？」

——房東把備份鑰匙借給我們了。他是個親切的好人呢。

「你們怎麼知道房東住哪裡？」

——是隔壁間的年輕太太告訴我們的。她好親切喔。妳房間悶死了，所以我才幫妳把窗戶打開。五樓的邊間就算開著窗戶，也不必擔心闖空門啦。

「我說啊，不要以為妳是我媽就可以為所欲為，我已經長大了。」

——春花小姐，恕我直言。

媽媽講話突然客套了起來，代表她快氣炸了。春花從小最怕這招。真不愧是當過公立國中教務主任的人，嘴巴厲害得不得了。

「媽，我肚子好餓喔。我才剛下班，還沒吃晚餐呢。」

——那可不行！

聲音頓時變得好溫柔。她的母性本能很強，絕不允許女兒餓肚子。

——快去吃飯！營養要均衡！我再跟妳爸好好聊一聊。

「聊，要聊什麼？」

——當然是妳的將來啊。他懷疑妳是不是精神狀態有問題。

「才沒有什麼問題咧。我只是忙得沒時間整理而已啦。」

——不，不對。妳東西買太多了。那叫什麼來著……好像是某某症候群吧。這代表妳精神不穩定啊。

「只不過房間稍微亂了點，幹嘛講得那麼誇張。」

——那種程度叫「稍微」？如果妳精神正常，哪會放任房間變成那樣。

「媽，我肚子好餓喔。」

——啊，對喔。抱歉抱歉。好啦，我會跟妳爸聊聊怎麼處理的。

處理？處理什麼呀。

要是這時發問，又得聊個沒完，於是春花將到口的話吞回去。

「掰掰囉，晚安。」

春花趕緊切斷電話。

她煩躁地走進臥房，將洋裝及外套脫下來套上衣架，掛在窗簾軌道上。上面密密麻麻掛滿衣服，根本不需要窗簾。

話說回來，偏偏讓父母看到這房間……

春花的媽媽很愛乾淨，爸爸則是一板一眼的人。擅自闖入房間固然令人生氣，但這也代表他們關心女兒。這也難怪，畢竟春花已將近一年沒回老家，而且難得他們上東京，也沒招待兩老來租屋處坐坐。

儘管擔心女兒，兩老卻當天就返回岡山，可見他們真的很忙。媽媽負責接送哥哥的女兒上下幼兒園，而哥哥夫妻兩人都是高中老師；爸爸在銀行退休後，在鄰近的公民館租場地開設書法教室，每週一、三、五上課。他責任感很強，不可能說休假就休假。若不是他們要辦那些事情，應該還留在東京吧。幸好爸媽都很忙，春花心想。

隔天，春花在搭車上班途中打開手機，看到媽媽傳來的訊息。

——我跟妳爸聊過了，決定找大庭十萬里老師幫忙。本來以為很難約，想不到剛好有人取消下星期六的預約，所以我馬上就預約了。時間是從下午三點起兩個小時，錢我來出，妳不用擔心。就這樣，掰掰。

什麼跟什麼呀？

大庭十萬里是誰？

預約什麼？

春花在大手町車站下車，走向公司大樓。

春花一坐到位子上，馬上向隔壁的綾子打聽。綾子跟她同時期進公司，已婚、有小孩。老公在大型廣告代理公司上班，長得很帥，女兒今年兩歲。

「我在電視上看過大庭十萬里喔。」

據綾子所言，大庭十萬里年約五十歲，去年九月出版了《你整理，我幫忙》。出版社被她的部落格吸引，所以才出了這本書。

「可是啊，書好像賣得不大好耶。像什麼《丟棄的藝術》、《斷捨離》，跟近藤麻里惠的《怦然心動的人生整理魔法》比起來，根本沒什麼看頭嘛。」

「難怪我沒聽過。反正還不就是跟風。一定只是從各暢銷書擷取、歸納重點而已啦。」

「好像也不是喔。聽說她不只整理房間，還會整理客戶的人生，所以有一群死忠粉絲呢。」

「人生？什麼意思？」

「大概是人生諮詢吧。」

「什麼嘛，原來是這個啊。越聽越可疑。」

「話說回來，妳房間真的髒到爸媽看不過去，擅自幫妳預約呀？該不會就是最近常上新聞的『垃圾屋』吧？」

「怎麼可能。別亂講啦，多難聽呀。」

春花趕緊環顧四周。要是輾轉傳到小笠原悟史耳裡就慘了。

「只是我媽有潔癖而已啦。」

「是喔，那我下次可以去妳家玩嗎？」

「……嗯，好啊。」

春花轉向自己的桌子，打開電腦。

——今晚要不要一起吃飯？

她用公司的信箱寄信給資產管理部的悟史。他們已經交往五年了。

之後，春花一邊製作社內刊物，一邊頻頻檢查信箱，卻遲遲收不到悟史的回信。

午休時，春花跟綾子一同前往頂樓的員工餐廳。

這陣子綾子都帶便當，所以只點八十圓的味噌湯。自從買了房子，她便開始縮衣節食，好用來繳房貸。

如果全公司員工都在同一時間去員工餐廳，勢必人滿為患，因此每個部門的用餐時間都略微錯開。春花任職的公關部是十一點四十五分，悟史的資產管理部是十二點十五分，所以他們沒什麼機會在餐廳碰面。儘管春花很想在吃完飯後留下來見悟史一面，但餐廳實在太擁擠，要是留下來慢慢喝茶，肯定引人側目。

春花一如往常，與綾子並肩而坐。若是面對面坐著，聊天內容可能會被其他人聽見，並肩坐著就不必擔心這點。

不經意抬頭一看，悟史就在前方。他跟其他資產管理部的男同事一起用餐，總共六個人。應該是因為會議提早結束，或是午休結束就要開會的關係吧。公司允許各部門配合公事調整午休時間。

春花的桌子前面剛好有一盆觀葉植物，擋在她跟悟史之間。她躲在大大的葉子後面偷看資產管理部員工，每個人臉上都充滿自信。也或許是因為他們是菁英部門，所以看起來就是比較聰明。

約莫五年前起，公司改變服裝規定，除了跑業務的員工之外，皆可自由選擇服裝。到了夏天，男生們以POLO衫取代西裝、領帶，更可為大樓省下不少電費。悟史一行人今天也穿得很隨興，但畢竟他們家世好、腦袋也好，看起來就是有品味。

悟史跟春花一樣，午餐吃青椒肉絲定食。連午餐的選擇都一樣，春花不禁暗喜，我們真有默契！

只見他們一臉認真地邊吃邊聊，好像連吃午餐都不忘工作。悟史真的好帥氣，認真工作的他最迷人了。

此時，一名年輕女子端著盛有蓋飯的托盤，走近悟史那一桌。令人驚訝的是，她居然毫不猶豫地坐在悟史旁邊。悟史端詳她的蓋飯，笑著簡短說了幾個字。大概是「看起來好好吃」吧。

「那個女生是誰？」

春花詢問綾子。綾子是個包打聽兼大嘴巴，所以春花偷偷瞞著綾子跟悟史交往。就算是同期進公司的夥伴，也萬萬不能告訴這個愛講八卦的大嘴巴。

「哪個女生？」

邊吃便當邊瞪著手機記帳APP的綾子，驀然抬起頭來。

「喏，就那個穿粉紅色衣服的。」

「那是佐野風鈴啦。」

「風鈴？你是說南部風鈴[1]的『風鈴』？」

「是啊。這年頭呀，真的很多年輕人的名字都怪怪的。」

此時，春花並不認為風鈴這名字奇怪。因為，這名字再適合她不過了。個子嬌小苗條，留著一頭飄逸長髮，確實令人聯想起一陣清風。

「她在部門裡是萬叢綠中一點紅，所以簡直被捧成寶。」

她穿著碎花長版上衣跟牛仔褲。那上衣大概是百分百純棉吧，看起來自然而隨興。粉紅色開襟羊毛衫遮住了上衣袖子，不過春花猜那八成是無袖洋裝，天氣一熱，她肯定會脫下羊毛衫，秀出清瘦骨感的上臂給男生們看。腳呢？一看，是赤腳配拖鞋，而且是平底鞋。她是嫌自己看起來不夠嬌小嗎？

春花不禁望向自己的鞋子。為了使腳看起來稍微長一點，她穿了一雙高跟淑女鞋。不過，這種鞋穿一整天會累死，所以她在自己的位子都是穿大叔款拖鞋。

「那女孩是做綜合職嗎？[2]」

風鈴穿得比較隨興，應該是因為加班到深夜或通宵的關係吧？

這麼說來，她也是帝都大學畢業的高材生？真是人不可貌相。

「怎麼可能，她是約聘小妹啦。今年才二十一歲呢。」

這下更危險了。如果是帝都大學畢業的女高材生，一定看不上悟史。以前也有兩個女生擔任綜合職，兩人都進公司兩年就離職了；她們說在公司看不到未來，所以一個去英國留學，一個考到會計師資格，自立門戶。

「真討厭。聽說那女孩跟我們一樣屬羊耶。我們也老囉。」

綾子忿忿不平地邊說邊吃煎蛋捲。

光是從遠方望著她，就看得出這女孩很可愛。她笑口常開，看起來很率真。

「她看起來滿一板一眼的。」

春花想挖出更多風鈴的八卦，於是開了新話題。

「有人說她堅強又可愛呢。」

「誰說的？」

春花不禁拉高音量。

「部長呀。」

部長是個五十多歲的好好先生。

「部長的女兒，大概跟她年紀差不多吧？」

「喔，原來是這樣呀。」

綾子認同的點點頭，春花卻心頭一沉。

儘管沒有確切證據，但春花就是覺得風鈴是悟史喜歡的類型。風鈴來之前，他本來面色凝重地討論著什麼，風鈴一來，他馬上眉開眼笑，而且笑容溫柔得快融化了。兩人剛開始交往時，悟史也常對春花綻放這樣的笑容。這個風鈴老纏著悟史聊天，從旁人目光看來，簡直就像打情罵俏。

春花回收餐盤時，故意走過悟史身旁。兩人對上眼時，悟史不知會露出什麼表情。春花想知道自己在悟史心中還有多少分量。

不料，資產管理部卻率先離開餐廳。晚到的風鈴也跟著他們出去了，難道她其實吃得很快？

下午，春花讀著離職老員工的文章，以便日後刊在〈當年我在公司的回憶〉專欄。即使在她校稿的時候，悟史跟風鈴相視微笑的畫面，依然在她腦中揮之不去。

她本來打算一結婚就離職。綾子一定會笑她作風老派，但春花的母親就是因為忙於工作，導致冷落了小時候的春花。她不想讓自己的小孩經歷同樣的辛酸。既然決定結婚就離職，也不必太認真工作；反正社內刊物這種東西，有沒有都沒差，春花心想。

「永澤小姐，借一步說話。」

課長來了。這個人超級死腦筋，毫無幽默感可言。

「這年頭不是很多年輕人進公司不到三年就離職嗎？永澤小姐，妳應該知道吧？我們公司也不例外。我想針對這點做個專題報導，永澤小姐，能不能麻煩妳規劃？」

春花一點興趣也沒有。誰想辭就讓他辭啊！採訪麻煩死了。

「下一期嗎？」

「不，不用那麼急啦。這是上頭交代下來的，我自己也想好好做這個專題報導，所以內容要深入一點。」

「……好，我知道了。我會想想看的。」

春花目送心滿意足點頭的課長離去。

「怎麼了？妳從剛剛就唉聲嘆氣的。」

鄰座的綾子盯著春花，一副看好戲的樣子。「如果是感情問題，儘管找我商量喔。」

「我午餐好像吃太多了，肚子不大舒服。」

春花隨口編了個藉口。

「對耶，妳今天吃得一乾二淨，真稀奇。」

春花只是太在意悟史跟風鈴之間的曖昧，所以一時忘記「吃飯只吃六分飽」的原則而已。

好不容易等到悟史回訊息，卻已經下午四點多了。

——對不起，今晚沒辦法。財務省馬上就要來查帳了，現在我們忙著做帳，忙到不行。下次見吧。

對不起？幹嘛講話這麼客套？

悟史的客套，令春花心頭一涼。

算來算去，也三個禮拜沒約會了。

她知道每年這個時期都很忙，可是剛開始交往時，悟史給她的感覺是：就算只能相處一下下也沒關係，我想妳想得不得了！無論多麼忙碌，悟史還是會抽出時間，短暫約會後又匆匆回公司熬夜加班。

真是今非昔比啊。

難道他沒那麼喜歡我了？

不可能吧？畢竟他都那麼熱情地求婚了。一定是因為現在比以前忙的關係啦！年紀越大，責任也越大呀。我怎麼每件事都往壞的方面想，這習慣得改掉才行。

——聽說那個叫做風鈴的女孩，是你們部門的偶像耶。

春花又寄信給悟史。悟史那麼忙，如果吵到他就不好了，但春花就是想知道悟史的反應。不過，她也知道悟史不會有時間回信的。

正想回頭繼續閱讀老員工的稿子時，螢幕一隅彈出了公司信箱的來信通知。是悟史。

——風鈴只是個小孩啦。個性又單純，簡直跟高中生沒兩樣。那些男人都一把年紀了，還對她動真情，超扯的。

悟史回得真快。

而且看起來滿不爽的。

文章很短，卻透露出不少訊息。部門裡有男同事真的喜歡風鈴；而且是「一把年紀」的男人；「那些男人」，表示喜歡她的人不只一個。

春花想像得到，風鈴一出現，上述的男人們全都活了過來，個個春心蕩漾。

這一天，春花下班後順路去車站裡的書店一趟，買了大庭十萬里的《你整理，我幫忙》。畢竟知己知彼，百戰百勝嘛。春花鐵了心，一定要逃離大庭十萬里這個怪大嬸的魔爪。

乾脆謊稱當天要補班算了？請媽媽打電話過去取消預約比較好。

想想還是不行。這樣只是把日子往後延而已，該來的還是逃不掉。媽媽這個人，一旦打定主意，不做到底誓不罷休；況且，要是違逆那個控制狂媽媽，搞不好兩老會一起殺上來對女兒管東管西，那就麻煩了。

春花一搭上電車便翻開書，瀏覽目錄。

一、正視自己

二、小心負能量潛入你腦海

三、誰是真正的敵人？

四、生活一團亂，背後出了什麼問題？

五、你的人生，掌握在你手裡

不用閱讀內文，光是看目錄，就猜得到葫蘆裡賣什麼藥。綾子說是什麼人生諮詢，但說穿了，作者不就是個雞婆大嬸嗎？春花最怕這種人了。

在最近的車站下車後，春花前往超市。昨天去過的超商，今天不能再去了；想到自己在店員眼中的德性（每天只買熟食的寂寞三十歲女人），實在很難有勇氣連續兩天去同一家店。因此，春花會輪流去超商A、超商B、便當店、外帶壽司店、超市熟食區以及麵包店，這樣一週最多只需要去同一家店一次。

去超市最輕鬆了。由於客人很多，除非穿著奇裝異服，否則不大會被店員記住。

踏入超市大門，最先看到的就是蔬菜區。有時春花也想做做沙拉，於是停下來拿起萵苣，想著：該放些什麼其他食材呢？番茄、小黃瓜、洋蔥切片……家裡有沙拉醬嗎？記得冰箱有沙拉醬，但那是啥時買的？

廚房的慘狀，驀地閃過春花腦海。

還是算了。

她走到熟食區。從左到右挑了半天，最後選了京都風糯米飯糰便當。走向收銀檯途中，春花還順手拿了冰淇淋。

回家後，春花換上運動服，在客廳打開便當。離春花最近的三人座沙發座位跟咖啡桌角落是這裡的淨土，她絕不會在這兩個地方堆雜物。

春花邊吃飯邊看電視。如果這世上沒有電視，那該有多麼寂寞呀，春花心想。就是因為有電視，她才能暫時擱下悟史今天的冷淡態度；如果家裡冷清清的，一定會滿腦子想著這件事。

這一夜，她提早鑽進被窩，將十萬里的書快速翻閱一遍。

簡單歸納本書大綱，大概就是：

「無法整理房間的人，是因為心靈上出了問題。」

那如果只是單純懶散呢？或許有些人是因為從小家庭環境的關係，導致不習慣打掃呀。

反正呢，這個叫做大庭十萬里的女人，似乎沒什麼料嘛。本來還以為多難對付，這下子可以放鬆一點了。

簡單說來，只要乖乖聽她說大道理，裝得一副誠心悔悟的樣子就行了。對不起，家裡一團亂，都是因為我的心太邪惡了，今後我必定洗心革面、重新做人，謹遵十萬里老師的教誨——到時就這樣敷衍她，打發她走。

正要闔上書時，春花發現書的最後面附了一張〈凌亂度〉檢測表。她鑽出被窩穿上拖鞋，踩著地上雜亂的衣服包包尋找原子筆，然後趴在棉被上，攤開檢測表。

請用○或×來回答下列問題，並在括號內自由填寫原因或意見。

第一題　您有摺衣服的習慣嗎？

×（要是有那種力氣，房間哪會這麼亂。我認為自己在公司的表現不差，但是一回家就覺得好倦怠。我也懷疑過自己是不是有問題，所以做了健康檢查，但是一切正常。）

第二題　雜物淹沒地面，連地板都看不見？

當然是○（臥室、客廳都幾乎看不見地板，而且臥室角落還堆了一大疊衣服，堆到跟腰部一樣高。原因是……硬要說的話，就是我一直都很累、很疲倦。）

第三題　麵包常常發霉嗎？

當然是○（應該不只我這樣吧。）

第四題　茶水就算潑到地上也不擦？

有點心虛，但還是要回答○（我當然想擦，真的，可是找不到衛生紙，想說待會再擦好了，結果就忘記擦了。不過，如果是含糖飲料，我還是會馬上擦啦。盡量。）

第五題　捨不得丟報紙嗎？

○（要不就是忘記在資源回收日拿出來丟，要不就是想說太重就算了。）

第六題　捨不得丟以前的賀年卡嗎？

什麼怪問題嘛，當然是○呀（我才想問怎麼會有人丟賀年卡呢！回憶應該好好珍藏啊。）

第七題　常常找不到東西嗎？

◎（我常常懶得找東西，只好再重買一次。該檢討。）

第八題　衝動購物，結果買完就忘了？

○（尤其是衣服跟文具。每次看到標籤還沒拆的衣服跟裝著袋子的文具，我自己都嚇到頭皮發麻。不過，說到文具，我覺得百圓商店也有錯啊，一樣東西才一百圓，與其花時間找，重買還比較快。）

第九題　不好意思邀別人來自己家？

○（不只別人，連家人也不敢邀。）

第十題　窗戶打不開？

○（這幾年來從來沒開過，結果爸媽趁我不在時擅自打開了。）

星期六到了。

這星期以來，春花反覆思考，要不要在大庭十萬里來之前打掃房間。想來想去，她決定還是別垂死掙扎了。假設來的人是親朋好友，只要把地上的雜物全掃進衣櫃就好，但是敵方可是整理師耶！她八成會檢查衣櫥跟五斗櫃，藏了也是白藏，不管怎麼掙扎都沒用，省省吧。

門鈴響了。

開門一看，想不到竟然是一名圓臉的普通大嬸。春花本來以為對方是個跟母親差不多的嚴肅女性，誰知道跟想像中完全不同。臉圓圓的，身體也圓圓的；黑色短袖POLO衫搭上牛仔褲，肩上掛著一個大包包。兩隻上臂胖嘟嘟的，把POLO衫的袖子撐得好緊；皮膚細緻光滑，看起來好柔軟。她跟春花的母親年齡相仿，類型卻恰恰相反。春花的母親身材消瘦，看起來神經兮兮的，而且絕對不可能穿著牛仔褲拜訪別人家。或許這就是東京大嬸跟鄉下大嬸的差別吧。

「我是整理師大庭十萬里。」

春花並不知道她平常的聲音，但聽起來很像故作沉穩。

「勞駕您了，今天請多多指教。」

春花裝得一臉乖巧。

趕快打發她回去吧！不管她教了什麼整理方法，都要刻意裝出超級敬佩的樣子。重點就在於對她露出崇拜的眼神，討她歡心，然後她就會對家鄉的兩老說：「令嬡已經改過自新了，請不用擔心。」

「真是一棟好公寓呢。房子看起來很新，離車站也近。房租想必不便宜吧？」

「嗯，算是吧。」

十萬里站在門外，遲遲不進來。

「來，請進。」

「呃，可是……」

十萬里俯視玄關地板。

「啊，不好意思。」

地上疊了好幾層鞋子，她好像不知道該把腳往哪兒擺。春花蹲下來將鞋子掃到兩旁，清出一雙鞋的空隙。

「打擾了。」

十萬里朝著那塊空隙跳過去。春花忘記她個子小、腳又短，導致門口到空隙的距離太遠了。

「請進。」

春花將拖鞋擺在玄關臺階上，十萬里卻隱約倒抽一口氣。她目不轉睛地注視著拖鞋。

這雙拖鞋很髒嗎？

沒錯，上面是蒙了一層灰，也到處都有醬油的痕跡。畢竟這幾年都不曾邀別人來家裡，太久沒人穿，就發霉了。才剛見面，就要被當成髒鬼了。真洩氣。

「請不必費心，我帶了自己的拖鞋。」

十萬里說完，從大大的黑色包包拿出免洗拖鞋穿上。才走兩三步，她便轉頭望向大門，仔細打量高到天花板的鞋櫃。

「鞋櫃裡塞不下的鞋，都在玄關地板上嗎？」

「嗯，差不多。」

「您的鞋子好多呀。」

「是呀，因為我喜歡鞋子，所以一看到就忍不住買下來。」

「我懂，我也很喜歡鞋子，人家說時尚要從腳底做起嘛。」

春花沒想到十萬里會口出此言，不自覺望向她剛脫下來的鞋子。那是一雙簡單的黑色健走鞋，皮革看起來很軟、很好穿，應該是羊皮吧。春花的母親也有一雙類似的鞋。

「介意我拍照嗎？」

還來不及回答，十萬里便從包包裡拿出一臺大相機。是數位單眼相機，那個喜歡照相的死腦筋課長，也有一臺同廠牌的相機。

「將案例集結成書時，會附上『指導前』跟『指導後』的照片。」

這話聽了真令人不舒服。

「不會給您添麻煩的。案例都是匿名，而且萬一照片上有什麼可供辨識的景物，一定會打上馬賽克，請您放心。這樣您能接受嗎？」

對方都舉起相機了，春花實在很難拒絕。從小，她就很不擅長拒絕別人。

「好，我們先大致看一下房子整體吧。」

「好，這邊請。」

兩人穿越短短的走廊。

「這裡是客廳，盡頭有間三坪大的西式房間，是我的臥室。」

「窗戶好多，這客廳真棒。」

是錯覺嗎？十萬里似乎眼睛一亮。

十萬里八成察覺到春花的目光，於是解釋了起來：「我一看到這種房間，就有種想從頭到尾好好整理一番的衝動！簡直是熱血沸騰呢。」

話還沒說完，十萬里就匆匆從包包裡取出口罩配戴。這口罩以「拋棄式口罩」而言可謂堅固厚實，唯有「配戴」兩字才能配得上它的氣勢。

十萬里瞇著眼睛仰望上方，春花也循著她的視線望過去。太陽西下，窗簾縫隙灑下夕陽，無數塵埃在陽光中飛舞。春花從來不知道空氣中飄著這麼多灰塵（或許是很少在這時間待在家裡的關係吧）。

「這口罩很好用喔。它可以完整地緊密包覆口鼻，藥局特價時，三片只要九百圓呢。」

本來以為十萬里會說：「您要不要來一片？」想不到她什麼都沒說。她該不會暗自嘲諷「反正這麼髒的房子妳都能忍這麼多年，現在戴口罩有屁用」吧？

只見十萬里不斷按下快門，活像個專業攝影師。瞧她身材圓滾滾，動作倒是挺靈敏的。

「您不必擔心，出書前會先讓您看看照片，如果屆時覺得不妥，拒絕也沒關係。」

「……好。」

春花覺得自己應該拒絕不了。無論拒絕什麼事，都需要勇氣。

「窗簾一直都沒有拉開嗎？」

「是的。因為我白天要上班。」

十萬里停頓了一會兒。大概是想問「那六日呢？」可是又問不出口。

「不好意思，請問您的老家也是這樣嗎？」

「不，不是的。家母很愛乾淨，而且鄉下房子很大，就算東西很多也不會變成這樣。此外，每個房間都有大壁櫥。」

「房子大小倒不是重點，請問令堂也會異常衝動購物嗎？」

「咦？」

她好像覺得春花不正常。被人當著面說這種話，打擊也太大了。

「家母是個買東西懂得事先規劃的人，跟我不一樣。」

「這樣啊。」

十萬里若有所思地盯著滿屋子雜物的某一點，然後打起精神抬起頭，再度環視四周一圈。「那裡是不是有一張氣派的皮沙發？我只看得到一部分就是了。」

平常春花都會在沙發上為自己留點位子，但今天上面攤著一份報紙。

「也有咖啡桌耶。雖然現在變得有點像置物架，不過這桌子有木紋，是張好桌子呢。」

「嗯，算是吧。」

「正中央的米黃色地毯也是長毛的高級貨，應該很貴吧？」

當初春花的母親為了打開凸窗而開出一條小徑，地毯就在那條小徑。地毯不只絨毛扁塌，而且斑點一大堆，到處都是黑黑的汙漬。

「獨居女性買了這麼多高級傢俱，這代表……」

十萬里說到一半就閉上嘴，撥開地上的雜物，走向落地窗。

「陽臺也有很多包垃圾呢。」

「……對呀，不好意思。」

「好癢！」

十萬里突然用力搔抓豐腴的上臂。「有蟲。」

春花嚇得往後一退。

「春花小姐，您住在這裡不會癢嗎？」

「不會耶……」

「了不起！住到都有抵抗力了。」

這人講話怎麼這麼酸呀？春花不自覺望向十萬里，只見她逕自點頭，看起來不像挖苦，而是衷心佩服。「不管去哪個案主家，都只有我會癢，可是案主都說不癢。人呀，天生就具有適應環境的能力呢。」

「不好意思。」

春花覺得很羞愧，居然害別人皮膚癢。

「接下來我想看看廚房。」

語畢，十萬里走向客廳深處。她一會兒搔頭、一會兒抓手，一會兒又搔搔腳，雙手四處抓癢，一刻也閒不下來。

「這廚房真時尚。我也好想要這種L形的系統廚具喔，不過戴著口罩還是聞得到臭味就是了。」

十萬里講話的速度變快了，是不是想趕快交差閃人？她從包包取出方巾，然後疊在口罩上，繫在後腦杓。整張臉只露出眼睛，看起來跟銀行搶匪沒兩樣。

「這裡以前該不會是中島吧檯吧？」

「現在也是呀。」

吧檯上的雜物堆積如山，分隔廚房與客廳的隔板上開了扇窗戶，卻塞滿了雜物。

十萬里突然捲起牛仔褲的褲管，瘋狂搔抓豐腴的小腿肚。不僅如此，她還用另一隻手摀住方巾，看來已經臭到受不了了。

「瓦斯爐上面堆這麼多東西，很危險喔。」

「沒關係，反正我不開伙。」

「您多少需要燒開水吧？像是泡泡麵啦、泡茶之類的。」

「反正有快煮壺，燒開水很快。」

「這樣呀。那麼，快煮壺在哪裡呢？」

「呃……不見了。」

「我想也是。話說回來，您的餐具櫃真是高級呀，這些餐具看起來也不便宜。」

「因為我喜歡陶瓷。」

「這個咖啡杯，是瑋緻活[3]的吧？」

「幾年前領了獎金，心一橫就買下來了。」

「可是，在餐具櫃前面堆了這麼多包垃圾，根本打不開櫃子吧。」

隔著櫃子的玻璃門，也看得出咖啡杯薄薄積了一層灰。

「垃圾袋裡面裝的是垃圾嗎？」

十萬里指著滿地的垃圾袋問道。

「對，是垃圾。」

十萬里聞言，默默地注視那堆垃圾。

——幹嘛不倒垃圾？

她應該很想說出這句話吧。

很多事情當事人心知肚明，但要是被人指責，心裡就會不爽。她大概是顧慮到這一點，才決定不予置評吧。知道歸知道，但就是做不到——就是因為這種人很多，十萬里才能賺大錢。而最最重要的是，她怎麼還不快點滾呀？心裡的屈辱感越來越強烈，春花再度對父母燃起怒火。

——天啊，這種房子怎麼好意思給別人看？

十萬里心裡一定是這麼想的。當然為了做生意，她絕不可能說出口。

——自甘墮落、金錢觀錯亂的髒鬼……

讓別人參觀自己家，就好像赤裸地亮出自己的內心。

「好大的冰箱呀。」

她似乎猶豫著要不要開冰箱。該不會是怕在冰箱裡看到什麼恐怖的東西吧？雖說是工作，但應該沒有人想看見來路不明的腐臭物。十萬里家的冰箱八成打理得乾淨整潔，所以更不想看到恐怖的冰箱。不過，既然案主都付錢了，也只好硬著頭皮上了。

十萬里深吸一口氣，豁出去似地打開冰箱。

「哎呀，黑漆漆的。」

因為塞得太滿了。其實不應該這麼做，但有時春花就是會突然心血來潮，想來個飲食健康新生活。像是變胖啦、嚴重便祕啦、臉上長痘痘啦……每當這種時候，春花就會買一堆菜，然後放到腐爛發臭，屢試不爽，永遠學不乖。

「這個冰箱的主人很有幹勁喔。」

春花偷偷瞥了十萬里一眼，想知道她是開玩笑還是挖苦。方巾遮住她半張臉，所以看不出表情，但眼睛沒有笑意。

「完全不下廚的人，廚房是很乾淨的。灰塵固然有，但不髒，瓦斯爐上面只會有一個茶壺，冰箱裡也只有飲料跟乳瑪琳，看起來跟新的沒兩樣。除非是天天下廚或完全不下廚的人，否則冰箱很難維持整潔，而且也浪費時間金錢。」

語畢，十萬里轉向春花。「我們去下一個地方吧。」

「對面是臥室。」

春花撥開一包包垃圾離開廚房，踩著地上的雜物，打開臥室門。

「呃……請問您睡在哪裡？」

床上到處都是雜物。

「我打地鋪睡覺。」

「打地鋪……」

也難怪十萬里感到納悶，因為地上都是雜物，根本沒地方鋪棉被。

「這裡。」

春花指著床鋪跟收納箱中間的狹長空隙。那裡有一床被褥，看起來經年累月都鋪在那兒；被褥兩側剛好有兩道屏障，能帶給人溫馨的安全感，使人安心入睡。

「方便讓我看看衣櫥或五斗櫃嗎？」

「盡量看、盡量看。」

春花已經放棄掙扎了。

五斗櫃的抽屜塞得滿滿，衣櫥裡的衣物堆積如山，簡直一團混亂。裡頭的衣服，肯定每一件都皺巴巴。

「好，我了解了。」

這回，十萬里連臉都癢起來了。隔著方巾搔癢根本搔不到癢處，眼神的殺氣越來越重。

「我也想看看浴室。」

語畢，十萬里雙手摀住方巾，彷彿腦中浮現了令人反胃的畫面。她看起來很害怕，卻突然挺起胸膛，大概是怕被看穿吧。

「別擔心，浴室我敢打包票，很乾淨的。」

春花打開浴室的玻璃門。

「哎呀，真的耶，好意外喔。」

這人是不懂委婉兩字怎麼寫嗎？

話說回來，春花也自知沒資格理直氣壯。畢竟她常常在健身房洗澡，而她自己也受不了髒馬桶，所以會定時清潔。

「蓮蓬頭不見了耶，只剩下水管。」

「已經好一陣子了。我想叫人來修，可是家裡太髒，不敢叫人來。」

十萬里聞言，竟若無其事地說：「原來您也有羞恥心呀。」

春花愣住了。

哪有人這麼沒禮貌！

「好，結束了。每個房間我都看過了。」

十萬里說完便返回客廳，單肩背起自己的包包。看來她想趕快走人。

春花鬆了一口氣。不過，從母親的簡訊看來，約好的時間應該是兩小時才對。仔細想想，一房兩廳一廚不可能只花兩小時就整理完畢。十萬里的做法，可能本來就是大略看看房間，然後再用傳真或電子郵件傳授整理訣竅吧。這樣春花也樂得輕鬆，可是反過來想，才做一點事就收這麼多錢，根本是詐騙嘛。爸媽到底給了十萬里多少錢？

「要是能稍微坐一下就好了……」

她是不是腰痛？只見十萬里摩挲著腰，不甘心地望著埋在雜物中的沙發。

「這一帶有沒有咖啡廳之類的店？我想在那裡跟您聊一聊。」

「……不好意思。」

「馬路對面有。」

「好，那我們走吧。」

看來是非去不可了。反正只要她願意離開這裡就好。

十萬里在玄關口穿鞋，然後用那裡的全身鏡照照全身。

「哎呀，全身都是灰塵。」

十萬里從包包裡取出小型黏毛滾輪，用滾輪滑遍全身。她的POLO衫是黑色的，容易使灰塵醒目。難道她是為了讓案主看看有多髒，才故意穿黑色的衣服？

「不好意思，能不能麻煩您幫我滾一下背？」

十萬里將滾輪遞給春花。

「好的，沒問題。」

她的背、屁股跟腳，全都是灰塵。

才剛走出門接觸到外面的空氣，十萬里馬上卸下口罩。從背後看來，她的肩頭正上下起伏，大概是在用力深呼吸吧。

兩人並肩走向咖啡廳。微風輕拂，令人心曠神怡。

在窗邊坐定後，十萬里用濕紙巾仔細擦拭雙手，然後打開筆記本（封面寫著「客戶指導」四個大字）。

「春花小姐，如果明天是您人生中最後一天倒垃圾的日子，您會做什麼？」

「現實中哪有可能呀。」

「那可不一定喔。現在每個垃圾處理場都滿了，哪天發生這種事也不奇怪呀。」

現在十萬里態度沉穩、說話慢條斯理，大概是因為不必再忍受奇癢與惡臭的關係。

「您最近打算結婚嗎？」

「妳怎麼知道？」

「冰箱是適合家庭使用的大型款式，家具也都是高檔貨，所以我猜多半是考慮到婚後生活才買的。」

「妳說對了。」

「不過，令堂沒有在電話中提到結婚的事情。」

「我還沒告訴爸媽，想等確定了再說。」

「意思是說，您還不確定囉？」

「不，我很確定已經確定了。」

此時，店員正好端來飲料。是錯覺嗎?當店員將咖啡端到桌上時，十萬里銳利的目光從店員的雙手之間直射而來。

待店員離去，十萬里啜了一口咖啡。「結婚後，您還會住在現在的公寓嗎？」

「我還不知道。」

「您的對象也是住公寓嗎？」

「是的。」

「房子大概多大呢？」

關妳什麼事，很愛探人隱私耶。春花本來打算在十萬里面前裝乖就好，卻越來越演不下去了。

「不好意思喔，問這麼私密的事情。」

十萬里大概看出春花不高興，所以向她道歉。「不過，整理房子應該考慮到婚後新居的大小。」

「您說得是。房子是三房兩廳一廚，我記得大約二十七坪。」

「咦？很大耶。」十萬里說完，忽地望向別的方向。「莫非房子是買的，而不是租的？」

「對，是買來的。」

十萬里聞言，默默往後靠在沙發椅背上，似乎悟出了什麼。接著，她目光游移片刻，問道：「對方幾歲？」看來苦思過後，她還是決定問個清楚。

「四十一歲。」

「四十多歲……那麼，兩位交往了幾年呢？」

「五年。」

「好久……」

說完這兩個字，十萬里就閉上了嘴。

春花稍微探身舉起紅茶杯，眼角餘光瞄到十萬里朝她偷看了一眼。

「我了解了。我會依據今天的談話內容來擬定整理計劃，下一次預計是兩週後，跟今天同一時間好嗎？」

「咦！不是今天就結束了嗎？」

「我事先告知過令堂，今天只是檢測『凌亂度』而已。」

開什麼玩笑，本來以為一天就能結束，我才忍到現在耶。

「檢測結果從輕症到重症共分成三階段，您屬於重症。」

「重症……嗎。」

「您不必太難過，來找我的人幾乎都是重症。重症的客戶要連續指導三個月，一個月兩次。」

「整整三個月？」

「不僅如此，半年後也會檢查一次。畢竟如果沒有照表操課，很有可能半途而廢的。今天我會出作業，在下次指導之前，請把廚房跟陽臺的垃圾都丟掉。其他部分以後我們再一起討論，至於衣服先不必急著處理，放著也沒關係。」

難道沒有辦法拒絕她嗎？

在下個指導日來臨前，非得想個辦法不可。

下星期日，春花去吉祥寺的綾子家玩。

綾子每個月都會辦一次家庭派對。參加者男女各半，客廳大約七坪半，沒有任何家庭用品，簡直就像樣品屋。

回想第一次參加時，餐點簡直好吃得驚人。春花沒想到是日式料理，而且菜色也很多。本來還以為綾子私下偷偷鍛練廚藝，結果做菜的人是她先生。

「我想買點東西過去，買什麼比較好？」

春花在出門前打電話給綾子。今天男女各三人，男生都是綾子她先生的同事。以往春花都是在老店買金鍔餅[4]帶過去，但她覺得偶爾也該問問綾子的意見。

——人來就好了啦。

「我不好意思老是讓妳請客啦。」

男生們多半帶紅酒或日本酒當伴手禮，不過春花對酒不熟，選不出好酒。因此，她才老是買日式點心過去，這樣就能搭配日式料理了。

——既然妳這麼有心，那就買個蛋糕吧。

「咦，蛋糕？」

真想不到。春花還以為綾子會說「平常那種金鍔餅就好，那真的很好吃」。

「……好，那我就隨便買一個過去喔。」

——如果方便的話，我想要Poissons的巧克力蛋糕。

「Ｐｏ什麼？那家店在哪裡？」

——高島屋百貨的地下室。

「高島屋在哪裡呀？」

——天啊，新宿跟日本橋啦。

從這裡到綾子家，完全不會經過那兩站。

「大家都吃那種蛋糕嗎？那就是總共買六個？」

——不好意思，能不能買圓形的大蛋糕？如果小蛋糕太小，好像有點掃興。

一打開綾子家大門，兩歲的美咲便衝出來，笑嘻嘻地抱住春花。

又來了……

老實說，真是煩死了。

「美咲，好久不見了，妳好嗎？」

可是還是得陪笑。

真想轉身閃人。

怎麼偏偏今天不把美咲留在娘家？

不知從何時開始，大家都以為春花很喜歡小孩，然後陪美咲玩的工作就落到她頭上。參加這麼多次家庭派對，美咲只有一次缺席；難道是因為無法托娘家幫忙帶小孩，才叫春花來當保姆？實在很難不這麼想。

到客廳一瞧，所有人都到齊了。男生們個個都是型男（包含綾子的先生），看起來家世跟腦袋也很好。女生們也個個是美女，都是綾子的大學同學。

「美咲，回自己房間。不是跟媽咪約好，要乖乖看迪士尼的DVD嗎？」

「這樣很可憐耶，美咲也很想跟大家一起玩吧？」某個男生說。

「我們家美咲超喜歡春花，每次春花來，她都好開心呢。」

「春花姊姊，來玩扮家家酒嘛。」美咲拉了拉春花的裙襬。

「春花，不好意思喔。美咲，只能玩一下下喔，料理上桌後就要放姊姊走囉。」

「好——」

綾子都這麼說了，春花只好跟上次一樣，在角落陪美咲扮家家酒。

「喜歡小孩的女生最棒了。」

「嗯，挑對象就要挑這種的。」

每次來派對的男生都這麼說，聽到這種話，實在很難坦白自己不擅長應付小孩。

「小孩好可愛喔，我以後想生三個。」

綾子的朋友嘴上說喜歡小孩，卻不肯陪美咲玩。每次都這樣。

久而久之，美咲只記住了春花的名字。每次春花都暗想下次再也不來了，結果到現在還是不敢開口拒絕。

對了，蛋糕放到哪兒去了？

匆忙回頭一看，綾子正要把整盒蛋糕放進冰箱（什麼時候到她手上的？）。好歹也說聲謝謝吧，Poissons的巧克力蛋糕足足要五千圓耶。

結果，春花的一天就這麼耗在美咲身上。綾子設想得超周到，竟然把料理分裝在盤子裡，直接端到春花跟美咲面前。因此，春花實在找不到機會抽身，加入大家的聚會。

看著綾子，春花覺得自己結婚後還是會辭掉工作，專心當家庭主婦。綾子平常都把小孩丟在托兒所，週末花點時間陪小孩不為過吧？結果她連這都辦不到。動不動就開家庭派對，把大人的玩樂看得比小孩還重要；而帶小孩的任務，就落到春花頭上。

心裡覺得越來越不平衡了。

我也想喝著紅酒，跟其他大人一起聊天啊。

她只是把我當成廉價保姆罷了。

春花鐵了心，決定下次再也不來了。

可燃垃圾日的前一天晚上，春花將陽臺的垃圾搬到玄關口。春花怕早上忘了倒垃圾，於是先將垃圾放在大門後面。屆時得先挪開垃圾才能出門，就不可能忘記倒了。

好幾袋垃圾將玄關擠得水泄不通，廚餘的腐臭味連兩層垃圾袋都包不住，整個家都臭烘烘的。

——週末需要加班嗎？你很累吧。等你工作告一段落，就出來吃個飯吧。

春花傳訊給悟史，卻遲遲收不到回訊。

不知從何時起，一旦開始焦慮，春花就想吃甜食。她腦中浮現超商的商品架，布丁、泡芙、抹茶奶凍……

這麼晚吃甜點實在太不像話了，是減肥的大忌啊！想歸想，但腦中浮現的甜點，卻怎麼甩都甩不掉。吃個小小的甜點應該沒差吧？春花打定主意，拿著錢包走出家門。

她等著搭電梯，不久電梯來了，隔壁的太太從電梯裡走出來。

「妳好。」

雙方簡短地互打招呼。

說是「太太」，其實她的年紀八成比春花還小。有幾次假日，春花在鄰近的超市偶然看到她跟先生牽著手散步，看起來感情很好。不過，今天都這麼晚了，太太卻獨自出門？到底上哪兒去了？春花飛快打量幾眼，只見她穿著健康拖鞋，雙手空空。

太太似乎察覺到春花的視線，粲然笑道：「我去倒垃圾啦。」

「咦？」

春花不自覺抽回正要踏入電梯的前腳。「倒……垃圾？」

「是呀，因為明天是可燃垃圾日。」

「前一天就拿出來倒，沒問題嗎？」

電梯門默然關上，電梯走了。

「前一天的傍晚五點之後就能倒了。因為冬天提早一小時，從四點開始。」

我怎麼都不知道！虧我還在這裡住得比太太久呢。春花暗想。

「一樓公布欄的角落貼了『公告』喔。」

「謝謝妳告訴我這麼有用的消息。」

「不，不客氣。」

膚色白皙、面頰紅潤的太太輕輕點頭致意，接著便開門進屋了。她大概二十五歲吧？先生應該也差不多年紀，看起來很像大學班對步入禮堂，既是朋友也是夫妻。他們是雙薪家庭，沒有小孩。每天早上，身著西裝仍難掩青澀的先生會率先出門，二十分鐘後，太太也跟著出門。太太經常穿著淡色系外套，下半身搭配洋裝或長褲。兩人八成都在比較一板一眼的公司上班。

他們的生活似乎很健康規律，房子一定也整理得乾淨整潔。明明年紀比春花小，卻可靠得多，才剛搬來三個月，連倒垃圾的規矩都一清二楚。

都市人關係疏離，常有人說連自己的鄰居是什麼人都不知道。確實，春花並不知道這對年輕夫妻是哪裡人、做哪一行，但多少看得出他們的生活型態——規律而踏實的生活型態。

反過來說，他們一定也對春花略知一二。他們對春花的印象是什麼呢？

現在，說不定太太正在家裡對先生說：

——剛剛呀，我在電梯前遇到隔壁的女生，她好像不知道前一天可以倒垃圾耶。也難怪啦，那個人看起來就是跟柴米油鹽醬醋茶沾不上邊。

愛賴床、每天早上都匆匆忙忙出門，在公司附近的咖啡廳喝咖啡，然後身體跟腦袋才慢慢醒來。

春花掉頭折返。不去便利商店了。既然晚上可以倒垃圾，那就今晚倒掉吧。

一打開大門，廚餘的臭味便撲鼻而來；原本想雙手摀住口鼻，但還是作罷。要是這麼做，豈不是輸給了隔壁的太太？

輸？輸什麼？

硬要說的話，就是輸給這年頭正紅的「女子力」。

春花兩手各拿一包沉甸甸的垃圾，走向大樓的垃圾場。走三趟丟完玄關的垃圾後，她又將廚房的垃圾拿去丟。來回走了好幾趟，提起最後一包垃圾時，廚房頓時變得好清爽，比想像中清爽好幾倍。真是意想不到。明明只是地板多出空隙，而且垃圾堆積過的地方還有積滿灰塵的發票跟蟑螂屍體。

午休時，春花在員工餐廳吃著每日定食，綾子卻突然湊過來。

她好像想說什麼悄悄話，大概是公司的八卦吧。

「妳知道風鈴的八卦嗎？」綾子壓低聲音問道。

春花輕輕搖頭，只見綾子得意地說：「她跟資產管理部的課長在交往啦。」

「咦！課長是誰？」

應該不是悟史吧？

「就是那個叫做小笠原悟史的課長啊。風鈴可真猛，居然殺到課長家呢。」

春花臉色發青，聲音嘶啞地說：「為什麼？」

「聽說是要求小笠原課長的太太點頭離婚喔。」

「綾子，妳從哪兒聽來的？」

目前為止，綾子所說的八卦大多是假的。春花多希望這是假的，但是內容又很具體，因此恐怕也不全是假消息。最近悟史變冷淡，難道是因為跟風鈴交往的關係？如果風鈴真的殺去悟史家，那麼悟史一定也對她說了一樣的話。

——我很快就會跟老婆離婚了，嫁給我吧。

「井上告訴我的。」

井上是跟春花同時期進公司的男生，一進公司就被分派到資產管理部，前途一片光明。

「井上會聊八卦喔？」

不管怎麼看，這個人都是正經八百的乖乖牌。學生時期專心念書，出社會專心工作，看起來就是個毫無男女經驗的男人。

「井上在走廊叫住我的時候，我也嚇了一跳啊。我正納悶他要幹嘛，結果劈頭就抖出風鈴跟課長的八卦。」

「哪一條走廊？」

「公關部前面的走廊呀。」

「他來公關部幹嘛？」

「他說只是路過而已。」

資產管理部位於東棟十八樓，公關部在西棟五樓，井上不惜編這麼爛的藉口，也想將八卦散布出去？

「怎麼可能只是路過嘛。他是特地來爆料的啦。」

「怪人一個。井上這人呀，真是人不可貌相。」

井上是不是喜歡風鈴？他是否不甘心風鈴被悟史搶走？井上這人平時沉默寡言，沒人知道他在想什麼，但說不定他看人滿準的（他八成覺得告訴綾子這個八卦電臺，就等於告訴全公司）。

「可是綾子，妳覺得井上講的話能信嗎？」

井上這個人，一定很愛鑽牛角尖。

春花聽著聽著，在腦中浮現一個故事。

——有一天，風鈴只不過跟井上在下班途中一起去咖啡廳，井上就把風鈴當成女朋友，興奮得不得了。不料，隔天上班卻撞見悟史跟風鈴打得火熱，戀愛經驗不多的他，這下可氣炸了！

大概就是這麼回事吧。

「我也不相信井上的話呀，所以趁機在更衣室問了一下業務部的岸姊。」

「岸姊是誰？」

綾子人面很廣，明明跟春花同部門、同年資，在公司卻認識不少人，跟春花簡直是天壤之別。

「就是業務部的老大姊呀。她體格好、個性又強勢，是個有名的大姊呢。」

「喔，妳說那個人呀。」

春花不曾跟她說過話，但她看起來像個海派的高中棒球隊宿舍舍監。

「岸姊說，那個傳聞好像是真的耶。」

「真的嗎？妳想想，那個岸姊怎麼會連那種事都知道？照理說，老大姊應該最不容易聽到傳言吧？」

「因為岸姊跟小笠原課長的太太是老同事呀。課長太太是櫃檯小姐，進公司不到一年就辭職結婚，但是跟岸姊一直維持聯絡喔。是太太親口告訴她的。」

春花啜了一口員工餐廳的超淡綠茶。

傳言果然是真的。

這是悟史第幾次出軌了？

「聽岸姊說呀，那個課長從以前桃花就很旺，不僅一下子就把男員工的夢中情人——櫃檯小姐娶回家，之後還陸陸續續跟其他女員工搞外遇。」

「妳說陸陸續續，有哪些人？」

「像是物流部門的女員工啦、會計部的女員工啦。」

「喔，這我知道。」

「咦？春花，想不到妳消息也滿靈通的嘛。」

物流部門的女員工是兩年前的事，會計部的女員工是去年的事。兩者都是逼問悟史才知道的。

「課長好像很擅長處理外遇耶，每個都跟他好聚好散，誰知道殺出井上這個程咬金。」

「鬧得這麼大，應該不可能不了了之吧？」

「課長沒事，但風鈴是派遣人員，可能得打包走人囉。」

「這麼快就有結果啦？」

「上頭好像很信任課長，打算升他當部長，當然不想損害他的形象囉。懂得做人的人呀，就是容易出頭天啦。」

公司常常傳言滿天飛，但不知為何，就是沒人提起春花跟悟史的事。

春花覺得自己好像被看扁了。

——妳不是女主角，只是觀眾而已啦。

兩星期後，十萬里準時赴約。

「哎呀，變得好乾淨唷。」

做這行就是要拚命誇獎客人嗎？其實也沒乾淨到值得誇獎。

「沒有廚餘的臭味了呢。」

十萬里見春花對稱讚沒反應，便大口深呼吸起來。這位圓滾滾的大嬸張開雙手閉上眼睛，鼓起小小的鼻孔吸氣，看起來像極了玩具熊，令春花忍俊不住。

望著她單純無邪的側臉，春花不禁卸下心防。

「打鐵要趁熱，我們從玄關開始整理吧。」

語畢，十萬里戴上口罩與棉紗手套。

「不好意思，請容我打開鞋櫃。」

裡頭塞得滿滿的。春花也不知道幹嘛買這麼多鞋，反觀學生時期，所有鞋加起來還不到五雙呢。

「真不得了啊。」

這個整理師居然一臉苦惱。「該怎麼辦才好？春花小姐，您認為呢？」

十萬里竟然詢問春花的意見。

「要不要先從地板上的鞋子開始整理？」

春花擠出答案。

「也對，那就加油吧。」十萬里好像在激勵自己似的。「接下來，我會一雙雙詢問您的意見。就拿這雙來說吧，以後您還會穿嗎？」

十萬里拎起旁邊的一雙鞋。這是低跟紅色淑女鞋，買是買了，卻搭不上任何衣服。款式太可愛了。幹嘛買這種鞋？當然是因為風鈴也穿這種鞋。

「不會。」

其實根本連一次都沒穿過。

「這樣呀，那就丟掉吧。」

十萬里將鞋子扔進垃圾袋。鞋子並不便宜，但春花不僅毫不留戀，而且還減輕了一部分心理負擔。

「這雙方格運動鞋呢？該不會是學生時期買的吧？好像也不是，看起來很新。」

「這雙也不要。」

因為這雙也是學風鈴買的。

「這雙的顏色好漂亮喔。藍色系的淑女鞋很少見呢，皮革真不錯。」

十萬里在玄關蹲下來，仔細打量淑女鞋。「可是好像不常穿呢。」

買這雙是因為女演員村井瑪莉亞穿過類似的款式。春花見悟史稱讚瑪莉亞性感，於是也想變得跟她一樣。

「因為不合腳。虧我當時還穿著它在鞋店裡走了一圈，結果買回家實際穿上，卻每走一步就鬆到快掉下來。」

「不合腳的鞋子，最好果斷丟掉。就算留著它一輩子，您還是不會穿吧？」

「可是……」

「很貴吧？」

「對，很貴。」

「您別這麼難過嘛，買東西是有學問的。這雙鞋，您不也是穿著在店裡走過一圈，才買下來的嗎？買鞋難免會踩到雷，就算經過仔細考慮才買也一樣。尤其女鞋的鞋跟比較高，楦頭寬度也有影響。因此，如果沒有長時間試穿，很容易踩雷。最糟糕的，就是一看到它就覺得『唉，浪費錢』，導致後悔、沮喪。如果這東西您看了就難過，還是丟掉吧，免得影響心理健康。」

「原來如此。」春花懂了。

十萬里深深頷首。「鞋子沒問題了，接下來您可以自行判斷。下一站是廚房。」

一到廚房，十萬里便打開餐具櫃。

「多虧您丟了那堆垃圾，才能打開櫃子的門。光是這樣，就是很大的進步了。」

她又開始瘋狂讚美了。

「這個好棒喔。」

十萬里拿起紅色花瓶。這是去義大利買的。這個威尼斯玻璃花瓶美得彷彿由紅寶石打造而成，春花一見傾心，一回國就邀悟史來家裡，而且還發誓要將花瓶插滿美麗的花，事實上也真的這麼做過。怎麼感覺像是很久以前的事呢？以前春花常常邀悟史來家裡。當時才剛搬來，東西還不多。

——別再邀男友來家裡了。到頭來只是讓他見識到妳黃臉婆的一面，對妳逐漸失去新鮮感。就算原本想跟妳結婚，也會漸漸打消念頭。

以上是女性雜誌的特別報導。讀了這篇文，春花就不再邀悟史來家裡了。上頭刊了許多讀者經驗談，可信度頗高。那時談到結婚總是沒什麼進展，因此春花擔心了起來。

「其實呀，平常我會建議『平時用不到的東西，就趁現在丟了吧』。」

十萬里打住話頭，盤起胳膊。

妳這樣也敢收錢喔？十萬里似乎看出春花的疑心，趕緊補充道：「因為，您是為了步入婚姻，才蒐集餐具呀。您目前還沒踏入婚姻生活，所以我也不好說些什麼。數量確實太多了，不過考慮到婚後……嗯……該怎麼說呢。您的另一半有多少餐具？」

「……應該算普通吧。」

「應該？意思是說，您還沒去過他家？」

「嗯，是呀。」

「喔？」

語畢，十萬里便直直盯著自己的手。真詭異，她幹嘛不問「為什麼您沒去過」？

不久，她倏地抬頭打量櫃子裡的餐具，打算開啟下一個話題。

「這也是一次都沒用過吧？」

她拿出牛排盤。橢圓形鐵盤底部，附了一塊托木板。春花看悟史喜歡吃牛排，於是買了這東西，那是多久以前的事了？

「這個蕎麥醬杯不是古伊萬里[5]嗎？很貴吧？」

一個要價八千圓，春花足足買了五個。因為悟史說蕎麥醬杯的格調，決定了蕎麥麵的味道。

「瑋緻活果然好！這翡翠綠，怎麼看都看不膩。」

十萬里欣賞著咖啡杯。

有個跟春花同期進公司的女同事因懷孕辭職，她說悟史家有這種高級咖啡杯。她先生是悟史的大學學弟，曾經去悟史家玩。春花一聽，突然好想買一樣的杯子，想要得不得了！當天下班，她馬上就去百貨公司買了杯子。那時到底在急什麼？

「有一段時間，我也很喜歡這種漂亮的瓷器，所以買了一大堆，沒多久就把餐具櫃塞滿了。」

「現在還在嗎？」

「捐出去了。我朋友經營一個叫做『杜絕世界飢餓協會』的非營利組織，他說那些瓷器在義賣中是熱銷冠軍，很感激我呢。」

「這樣呀。」

餐具櫃裡面有太多關於悟史的回憶，要是它們全部消失，該有多清爽呀。

咦？

春花對自己的心境變化感到詫異。

難道自己已經想忘了悟史？春花從以前就很優柔寡斷，得花上許多時間才能理出思緒。

「不必那麼急啦，慢慢想，想清楚再做決定。」

十萬里彷彿看穿了春花的心思。說完，她從包包裡取出高級單眼相機，繼續拍攝餐具櫃與廚房。

今天員工餐廳的每日定食是嫩煎旗魚。

「春花，星期六的家庭派對，妳要來嗎？」綾子問。

「抱歉，那天我有事。」

春花端出老早就想好的臺詞。她再也不想當保姆了。

「什麼事呀？」

一般人哪會問這個。

「我媽要從鄉下來看我。」

「要過夜嗎？」

幹嘛問這麼多？

「……大概不會吧。」

「那妳星期六晚上來待個兩三小時，應該沒差吧。」

原來是打這主意。真煩人。

「綾子，不好意思，那天我……」

話還沒說完，綾子便湊過來悄聲說道：

「跟妳說喔，我約了風鈴啦。」

「幹嘛約她？妳跟她很熟嗎？」

「是透過朋友的朋友介紹的啦，才剛認識沒多久。因為我想知道她跟課長到底是怎麼回事呀。」

「綾子，妳太閒了吧。」

「最好是啦，我可是職業婦女耶。硬要說的話，只是好奇心重啦。」綾子似乎覺得自己說的話很好笑，逕自笑了起來。「妳不要一臉傻眼嘛。當天也會來一些高薪型男，妳打扮得漂漂亮亮來參加吧。」

對八卦的好奇心、對風鈴的嫉妒、對悟史的眷戀，使春花無法說割捨就割捨。綾子把沉默當成答應，「那就五點喔」，說完便將撒了香鬆的飯送入口中。

星期六當天，春花在綾子家門口按電鈴。

「門沒鎖。」綾子說。

一踏入玄關，便聽見輕柔的樂音。美咲好像不在，大概是託給娘家了吧？

春花鬆了口氣。

進入客廳一看，有兩名男子。這兩個傢伙八成是綾子所說的高薪型男。這年頭只要梳成斜劉海，任誰都是型男。

「妳好。」

「今天請多指教。」

兩名男子都很沉穩有禮。

綾子回廚房跟先生一起準備擺盤，於是春花跟兩名男子聊起天氣，聊著聊著，門鈴響了。綾子去應門，來者是一名三十歲左右的女子。

「這是我的大學同學。」

兩名男子很快地偷偷將對方從上到下打量一遍，然後又突然擠出笑臉，掩蓋失望的神情。這一切，春花都看在眼裡。

難道我剛剛進來時，他們也這樣對待我？真討厭。

聊了一會兒，門鈴又響了。「我來遲了。」風鈴走了進來，臉頰紅通通的，大概是一路跑過來的吧。粉紅色棉質毛衣搭上白色褲裙下的玉腿，使她看起來比平時更為嬌羞。

「妳好。」

「這邊有位子喔。」

男生們接連開口，態度與方才截然不同，眉開眼笑得近乎輕浮。剛才的沉穩，是因為他們對先來的兩名女子（包含春花）感到失望的關係嗎？

下一秒，背後忽然傳出巨響，所有人同時回頭。盡頭的房門開了，穿著睡衣的美咲抱著熊貓玩偶走出來。她揉了揉惺忪的雙眼。

「真是的，美咲醒啦？」

綾子從廚房跑出來。

「媽咪——」

美咲抱著綾子的腳。

「媽咪忙著招待客人，喏，妳去跟春花姊姊玩。」

美咲這才注意到春花的存在，笑逐顏開。

「春花很喜歡小孩。」

「那很棒啊。」

「結婚一定要找有愛心、喜歡小孩的女生。」

每次男生們都這麼說。

「就是說呀！如果要娶老婆，一定要找像春花這種愛小孩的女生。」

又來了，現場又瀰漫著一股「春花非陪美咲玩不可」的氛圍了。春花真的很佩服他們，技巧簡直出神入化。

早知道就不來了。

難得放假，憑什麼要我幫別人帶小孩？早知如此，還不如在家多少整理一下環境，明天十萬里就要來了。

「我也很喜歡小孩，以前還想當幼教老師呢。」綾子的大學同學說。

「這樣啊，那很好啊。」其中一名男子語調平板地答道。

「我很不擅長應付小孩，完全不知道該怎麼跟他們相處。」

風鈴一說，兩名男子便愉快地笑出來。

「那是因為妳也是小孩吧？」

「說得對！」

這兩人只對風鈴擺出臭屁的態度。他們望著風鈴的眼神，就像看著某種可愛到不行的小動物。

「風鈴，妳認識春花嗎？」綾子問。

「我想想喔，好像在員工餐廳看過幾次……」

就這樣？

悟史從來沒提過我？

他可是對我求婚好幾次呢。他說會跟太太離婚，要我再等一下。風鈴，他也對妳說過這些話吧？

「好了，完成囉。」

綾子的先生從廚房將料理端過來。

「我來幫忙。」

風鈴一站起來，其他三人也跟著起身。春花也想幫忙，卻被美咲用力拉住洋裝的裙襬。「春花姊姊，我們去那邊玩嘛。」春花又犯了老毛病，為了跟風鈴較勁而買了用纖細蕾絲製成的昂貴洋裝。春花怕蕾絲被扯破，只好跟著美咲走到牆角，那裡鋪著一張凱蒂貓野餐墊。

「好，來乾杯吧。」

春花聽見眾人圍桌乾杯的聲響，正想趕緊起身，綾子卻迅速端著啤酒杯過來。

「有勞了，您真周到。」

「沒什麼，待會我把菜也端過來。」

真不知她是假裝聽不懂諷刺，還是真的聽不懂諷刺。

「來！風鈴，盡量喝，多喝點！喝酒解悶啦。」

春花看見綾子為風鈴倒酒。

「喝酒解悶？怎麼了？」男子問道。

「人家很可憐耶，被有婦之夫騙了啦。那個男人是我們公司的課長，未來可是前途無量呢。」

春花豎耳傾聽眾人的聊天內容。

「太過分了吧。已婚還假裝單身，簡直是我們男人之恥。」

「我知道他結婚了，只是他說要跟太太離婚，所以……」

「那就更可惡了。」

「我說的話可能不好聽，一般來說，這時就應該懷疑自己被騙了吧？」

綾子的女性朋友打岔道。

「可是……」風鈴的語氣萬般委屈。

「這不是很常見的藉口嗎？小說跟連續劇都演到變老哏了。」

「妳怎麼這麼說嘛，人家很可憐耶。」

「人家說女人對女人比較嚴格，原來是真的啊。」

從男人眼中看來，就像三十歲的女人在欺負小女生。

「妳跟他是怎麼交往的？他主動追妳嗎？」綾子問道。春花也很想知道。

「剛到公司報到那一天，部門辦了迎新會。續攤的時候……」

春花集中精神仔細聽，此時美咲忽然在她耳邊大叫：「春花姊姊，妳要認真玩啦！」春花當作沒聽到，拿著杯子起身走到客廳，坐在風鈴旁邊。

「不要過去啦，春花姊姊！」美咲大聲哭喊。

「不好意思，妳能不能代替我陪小孩？」春花對綾子的女性朋友說。

她板著臉瞪了一眼春花，又瞪向美咲。

「妳不是很喜歡小孩，喜歡到想當幼教老師嗎？」

「美咲，不要哭喔，育子姊姊要過去陪妳玩了。」

綾子說得臉不紅氣不喘，只見她朋友慢吞吞站起來，走向美咲。

「然後呢？妳跟他兩個人喝酒喝到末班車開走，然後呢？他真的向妳求婚了？」

綾子立即見縫插針。

「我沒有說謊。」

「我當然沒有懷疑妳呀。大家都很同情妳呢。真是苦了妳了，年紀輕輕就得經歷這些事。」

春花跟悟史，則是在公司壘球大賽之後的酒聚認識的。

「他說，從來沒遇過像我這麼可愛的女生。」

風鈴潸然淚下。

此時，春花首度對悟史燃起恨意。恨歸恨，好歹也交往了五年，還是有些感情；既然他跟風鈴分手了，這次應該會回到自己身邊吧？

連春花自己都覺得討厭，優柔寡斷的老毛病又犯了。

十萬里打開衣櫃，看著堆積如山的衣服說：

「乾脆心一橫，全部都丟掉吧？」

「啥？」

「因為很麻煩呀。要是能清楚分辨哪些需要、哪些不要就好了，但多半沒這麼簡單，『這件還很新捨不得丟』、『這件說不定明年會穿』，光煩惱這些就飽了。」

「呃，教人如何分辨哪些需要、哪些不要，不就是整理師的工作嗎？」

「想不到您說話挺犀利的呢。」

十萬里拉長了臉。

「對不起，我沒那個意思……」

我幹嘛道歉？

到底誰才是顧客呀。

「像我這種五十幾歲的大嬸，也是會每季添購新衣的。春天到了就想買春裝，夏天到了想買夏裝；活了好幾十年，春裝跟夏裝堆了一大堆，卻還是非買不可。幾乎每個女人都是這樣吧？換句話說，全部丟掉也無所謂。尤其春花小姐您收入又優渥。」

「嗯……」

「乾脆趁此機會一次清空，然後再全部重買。仔細想想真正需要的是什麼，再一點點買齊就好。」

「真的要全部丟掉？」

「我覺得這樣比較好。重新出發。」十萬里炯炯有神地說道。

重新出發？該不會是在暗喻什麼吧？

全部丟掉，是指連人際關係也要重新洗牌嗎？

「想想看，這堆皺巴巴的衣服，您要全部送洗嗎？還是自己燙？當然裡頭也有百分百聚酯纖維的衣服，只要用洗衣機洗、晾在陽臺，就能變乾淨了，只是……」

——瞧妳懶散成這樣，辦得到嗎？

十萬里忍住不說的話，全寫在臉上。

「哎呀，這件裙子是二十三腰呢。」十萬里從一堆駝色窄裙中撿起一件。「我以前也曾經二十三腰，您一定不相信吧？」

說完，她雙手將裙子舉到與視線同高，嘖嘖稱奇地端詳裙子的腰圍。

這是剛進公司時買的裙子，現在穿不下了。明明體重跟當時差不多，腰圍卻差多了。

「這件裙子放在一大堆衣服的最上面，代表您最近穿過囉？春花小姐，您的腰好細呀。」

「不，我沒穿。最近我只穿掛在窗簾軌道上的衣物。」

春花拿出塵封已久的駝色窄裙，是因為風鈴的腰簡直細到不行，她心想輸人不輸陣，不料拉鍊只能拉到一半，頓時覺得好淒慘。

「也對啦，皺成這樣，哪能穿出去見人呢？春花小姐，請您稍微閉上眼睛，我也會閉上的。」

春花依言閉上眼睛。

「請您想像一下。衣櫃是空的，床上跟地上也沒有散落衣物。接下來是客廳，這裡的地板跟沙發上也沒有一大堆衣服。每件衣服都皺巴巴又滿是灰塵，但現在全都不見了，每一塊木質地板都一覽無遺。」

春花腦中浮現剛搬來的情景。地上什麼都沒有，所以用吸塵器吸一吸就很乾淨了；凸窗跟桌上也是空的，因此稍微擦一下就好，五分鐘到十分鐘就打掃完畢。

「接著是廚房。眼睛還不能睜開喔。來，請您打開餐具櫃。裡面有很多餐具。有沒有哪件餐具，讓您看了就難過？不只是餐具，衣服跟鞋子也一樣，只要是讓您心情不好的東西，全都趁機丟掉吧！」

春花腦中浮現很多東西。一半以上的餐具都是悲傷的來源，鞋子跟衣服也滿載著懊悔與辛酸的回憶。跟悟史約會穿過的洋裝，她再也不想看它第二眼。約會應該是很開心的，而如今連「約會服」三字，都令她倍感羞恥。

「好，結束了。」

睜開眼睛，堆積如山的衣服倏地映入眼簾。

腦中景象與現實的落差，令春花瞠目結舌。好髒的房間。

懷疑風鈴跟悟史關係不尋常的那個週末，春花買了兩件洋裝，也上了髮廊。因為她不想被比下去。可是，無論穿什麼衣服、改什麼髮型，她就是當不成那種甜美的女孩。

「今天的指導就到此為止。」

十萬里說完，便開始收拾包包。她來了還不到十分鐘呢。

「春花小姐，我們去咖啡廳邊喝邊聊吧。」

喔……原來如此啊。

十萬里搔搔後頸，看來她還是覺得癢。

大概是一早就下大雨的關係吧，咖啡廳空蕩蕩的。

兩人在角落的位子對坐。

「春花小姐，今天您好像沒什麼精神呢。」

「是嗎？我想……大概是天氣越來越熱的關係吧。」

春花一面打哈哈，一面也想著：不如把心事說出來吧。春花從沒跟人提起這件事，她想聽聽別人的意見。

「不瞞妳說，我同事跟上司交往，兩人也說好要結婚，可是上司卻劈腿了年輕的約聘員工。」

「哎呀。」

十萬里眉頭一蹙，突然探出身子。明明這話題跟整理一點關係也沒有，她卻聽得津津有味，說穿了也只是個普通大嬸嘛。「我洗耳恭聽！這把年紀可不是白活的，或許我能幫上什麼忙喔。」

「那個男的好像不是第一次劈腿，以前也劈過其他女同事。同事問我該怎麼辦，可是我不知道該給什麼建議……」

「您的同事幾歲？」

「跟我一樣三十二歲，上司是有婦之夫。」

「啥？」

「他說很快就會跟老婆離婚，還向我同事求婚。」

「您的同事跟他之間的關係，會不會本來就只是玩玩？」

「應該不是，因為他是認真的。」

「認真的……嗎。好，他有小孩嗎？」

「兒子上國中，女兒上國小。」

「他住哪種房子？」

「買來的公寓。」

「那一定有房貸囉？現在是什麼情況？」

「他太太遲遲不肯離婚，所以要我同事再等等。」

「好常見的藉口呀。這年頭，連電影跟小說都不用這種老哏了。春花小姐，您也這麼認為吧？」

「咦？嗯，算是啦。可是，畢竟這只是局外人的觀點啊。」

「您的意思是？」

「他有多認真，應該只有我同事看得出來吧。」

十萬里一聽，頓時傻眼地輕笑一聲。

「她等了幾年？」

「好像是五年吧。」

「也就是說，從二十七歲一直交往到現在，對吧？我來整理一下目前的重點：他有兩個小孩，老婆不肯離婚，讓您的同事等了五年，而且這段期間還對年輕女孩下手，沒錯吧？」

「對，嗯。」

「怎麼想都被騙了啊。哎呀真討厭，我都反胃了。」十萬里喝乾杯裡的水。「突然好想吃甜食，每次一生氣，我就想吃甜的。我要加點蛋糕，春花小姐，您要加點嗎？」

「我不用，因為我在減肥。」

「您一點都不胖啊。」

「哪有，這裡最近有點胖。」

春花說著捏了一把肚子的肉。

「那哪算胖呀。」

聽圓滾滾的大嬸這樣講，一點都令人高興不起來。她對「不胖」的標準根本跟一般人不一樣。

十萬里專心看起菜單。

春花從旁邊偷瞄，每樣看起來都好好吃。

「我還是加點好了。我要這個濃厚起司蛋糕。」

「這才對嘛！哪個是濃厚起司？哎呀，原來有這種東西啊。我要草莓奶油蛋糕。」

春花呼叫店員。

「要點餐嗎？」

一名女店員走過來。

「我要濃厚起司蛋糕。」

「我也點這個好了，可是，想想還是……嗯，還是草莓奶油蛋糕好了。一想到生奶油在舌尖上融化的畫面，我就快忍不住了。」

「好的。」

店員轉身離去，一副憋笑到快內出血的樣子。

「那個男上司，怎麼想都知道他一丁點跟老婆離婚的意思也沒有啦。有小孩又有房貸，沒有男人會想放棄這一切，從零開始的。」

「是嗎？可是我同事說男方很積極，也很認真耶。」

「那個男人要嘛是容易隨波逐流的單純笨蛋，要嘛就是很會演戲的渣男。他的家庭結構很堅固，接下來小孩教育費會越來越貴，離婚還得付贍養費。不只是錢的問題，親子關係也會惡化。您覺得男人願意這樣做？」

「可是，男方都主動求婚了。」

「但是等了五年，他跟老婆也沒離婚呀。」

「因為……他說現在離婚要付很多贍養費跟教育費……所以要我同事再忍一下。」

「不管什麼時候離婚，都得付很多贍養費跟教育費呀。滿嘴胡說八道，真是個說謊成性的男人。」

「怎麼這麼說……我同事說，只有她知道那男人只愛她一個。」

「笨蛋沒藥醫。」

「也太難聽了吧……」

「不然我打電話給他，問問他真正的想法好了。」

「啥？」

「我可以裝成她的媽媽。一但知道那男人的反應，她應該就會清醒了。請您轉告同事，我隨時都樂意幫忙。」

「這也太誇張了吧……」

「她還想等幾年？如果人生要重來，最好早點開始。我不是說人生事事都要用盡心機，只是如果再這樣下去，只會原地打轉。」

「還是不要打電話比較好啦。」

「哎呀，為什麼？」

「因為……我對她說不出口嘛。」

「這年頭，沒有人敢當面說真話了。不知不覺中，大家都只敢說不會得罪人的話，因為沒有人想當壞人。可是，不惜扮黑臉也要說真話的人，才是真的貼心呀。」

十萬里說到這兒，店員剛好送蛋糕來。

春花無精打采、慢吞吞地切蛋糕，十萬里也悶不吭聲。

「我還是打電話過去好了。」

十萬里匆匆吃完蛋糕，抬頭毅然說道。

「我就說不需要嘛。」

「不行。現在不說清楚，以後會後悔的。」

「再怎麼說，妳這樣也太雞婆了吧。」

「我知道自己很雞婆。請給我他的電話號碼。」

「現在？」

「打鐵要趁熱。」

語畢，十萬里從包包掏出手機。

「妳是不是誤會了？我剛剛講的是朋友的事情……」

十萬里瞪了春花一眼，逼得她將到口的話吞回去。

「您害怕知道真相吧？」

春花本來想假裝幫朋友詢問意見，原來十萬里一開始就看穿了。

「真的不用啦。要是妳這麼做……」

「這麼做會怎樣？他會討厭您？」

說中了。

十萬里一臉不捨。

「春花小姐，其實您什麼都知道。您知道他對您的感情，其實就那點程度而已，也知道這男人就是這種貨色。您不斷買東西、家裡越來越髒，是因為看不見跟他之間的未來，沒錯吧？」

「○九○……」

春花打開手機，中邪般地開始念出悟史的手機號碼。

十萬里面不改色，照實撥打號碼。

——喂？

春花能仔細聽見悟史的聲音，十萬里八成按了擴音鍵。悟史的語氣嚴肅而警戒，可能是因為接到陌生來電的關係。

「喂，我是永澤春花的母親。」

——咦？

悟史只說一個字就不再吭聲，春花想像得出他在電話另一端愣住的模樣。

「喂，你聽見了嗎？」

——是……聽見了。

他的聲音有氣無力。

「聽說你對我家女兒求婚了。」

——不，我沒有……

「你剛剛說『沒有』？」

——呃，這……

「我們家春花呀，為了等你跟太太離婚，可是等了足足五年呢。你知道吧？」

——不，我……

「奇怪，你不知道嗎？」

——也不是……不知道啦。

「你對我女兒到底有什麼想法？」

沒有回應。

「你真的愛春花嗎？」

——該怎麼說呢……

「怎麼支支吾吾的？是或不是，這問題不是很簡單嗎？」

——呃，嗯……

「離婚談得如何了？」

——呃，這個……

接著他又默不吭聲。

「跟你實在談不下去，能不能請你太太聽電話？」

——這絕對不行！

怎麼了？老公，你在跟誰講電話？

後面傳來女人的聲音。

沒什麼啦，沒事。我在聊公事啦。

「你跟太太談過離婚的事了嗎？」

——剛剛說過，我還沒……

「還沒，你該不會連一次都沒提過吧？」

——我……

「講話講清楚。」

——是，我連一次都沒提過。

「我看你就別再造孽了吧。」

——好的……真的很對不起。

十萬里切斷電話，「不准因為當第三者就辭職喔。」

「好。」

「好，那我走了。」

語畢，十萬里便拿著帳單起身。她應該是想讓春花一個人靜一靜，好好哭一場。

然而奇妙的是，春花哭不出來。

一定是春花優柔寡斷的個性，下意識促成了現在的局面。由於害怕面對真相，一路以來，她總是不肯直視問題，只好逐漸練習放棄。因為，她早就知道真相了。

十萬里只是在最後推了一把。

打從第一次來訪，她就看穿了一切。

當晚，春花整理書櫃時，發現一本令人懷念的冊子。那是她剛進公司時拿到的《社內刊物製作須知》，現已積了一層灰。她翻開來，讀起〈何謂社內刊物製作者〉這一章。

——傳達經營藍圖、經營方針與經營課題的發言人。

——傳達每個員工的想法與意願的自由記者。

——為上層與員工搭起溝通橋樑、促進空氣流通的送風機。

剛進公司時，得知分配到公關部，她可是開心得不得了。大學時期去好幾家出版社面試，卻沒一家錄取。當時，她已放棄當文字工作者，因此很感謝這份工作，讓她能以這種方式接觸文字。採訪、拍照、寫文章，全都由她一手包辦，她也覺得很有成就感。如今，她卻變成一個死氣沉沉的員工。

春花突然靈光一閃。課長委託的專題報導，就取這標題吧。

〈這麼多人進公司不到三年就離職，到底為什麼？〉

去採訪離職員工吧！問出「個人生涯規劃」以外的真正想法，再依此開設座談會。公司上層、資深員工與新員工的人數必須恰到好處，討論的結果必須正向樂觀。要提高員工的幹勁，端看主持人春花如何帶話題，考驗著主持人的功力。那個死腦筋的課長就是信任春花的能力，才會賦此重任，絕對不能讓他失望。

最好刊載一些表情充滿朝氣的照片。此時，春花忽然想起十萬里的單眼相機。

我也好想要相機。乾脆趁機買一臺吧。

好久沒對工作充滿幹勁了。

星期六，春花在鄰近的藥局買了除塵紙拖把。本來想用吸塵器，但吸塵器放在收納櫃裡，櫃子前堆了一堆東西，根本拿不出來。就算拿出來了，地上到處都是雜物，也無法拖著吸塵器走動。春花還順便買了口罩。多虧十萬里來訪，春花才驚覺自己至今吸了不少灰塵，嚇得趕緊補買。

她打開窗戶，用除塵紙拖把大致掃過廚房地板，然後再用百圓商店買來的大張濕紙巾擦地，擦完變得黑到不行。她不用抹布，因為用了抹布就得洗抹布，反而更費工，導致心裡覺得擦地永遠擦不完。

接著，她望向餐具櫃。雖然櫃子門能開了，她卻沒力氣將積滿灰塵的餐具洗乾淨。

慢慢來吧。

春花心想。

如果拚過頭，反而會累到影響工作。

春花買了好幾本綾子推薦的暢銷整理書，卻沒有一本讀得下去。書裡的案例跟自己比起來，根本就很乾淨；上頭寫著東西多到整理不完，程度卻跟自己差多了。他們不只整理得很好，房間也很乾淨。

她打開流理檯的抽屜。

便利商店給的塑膠湯匙、叉子、免洗筷、吸管、砂糖包、奶精、蛋糕盒內附送的紙巾、橡皮筋、生魚片附送的芥末醬包，還有黃芥末醬包、番茄醬包跟美乃滋醬包。

這些東西不知道放了多久。全都是些丟了也不心疼的東西。

春花將它們全扔進垃圾袋。這些東西跟衣服、鞋子不同，根本不需要猶豫。

她打開第二層抽屜。

裡面有一個洗衣夾、頭痛藥、餅乾模、水電瓦斯收據、超市塑膠袋、衣服的釦子、鉛筆、OK繃、街上拿到的面紙等等。

頭痛藥不知道放了多久，丟掉吧；洗衣夾還能用，待會拿去陽臺；餅乾模該放在哪裡才好？面紙應該集中收在某個地方……

唉——麻煩死了。

我還會做餅乾嗎？

上次做餅乾，是幾年前的事了？

什麼時候把洗衣夾拿去陽臺？我看……下次好了。下次是什麼時候？乾脆現在拿過去吧。可是得先穿越房間才能去陽臺，地上到處都是雜物，好麻煩。

難怪啊……春花嘆了口氣。

她覺得好像永遠都整理不完。

應該不至於一輩子都這樣啦……

——如果明天是您人生中最後一天倒垃圾的日子，您會做什麼？

腦中忽然浮現十萬里說過的話。

她該不會每天都抱著這份決心過日子吧？

下一秒，春花將整個抽屜拉出來塞進垃圾袋裡，倒過來拍打底部。雜物都倒進垃圾袋了，好舒暢。既然晚上也能把垃圾拿出去，倒垃圾就一點也不苦了。

春花決定先將流理檯的抽屜清空。長久以來都用不到的東西，就代表丟了也無所謂，所以儘管丟吧！她陸續將雜物丟進垃圾袋，再用大張濕紙巾擦拭抽屜內部。變得越來越乾淨了。大部分東西都是店家給的，而且也都是便宜貨，所以沒什麼好心疼的。

從廚房開始整理，或許真的是個好方法喔。

乾脆一鼓作氣，連冰箱也整理乾淨吧！接著再去超市購物，好久沒做菜了，來煮個菜吧。現在幾點？望向牆上的時鐘，電池早就沒電，從去年就停擺了。春花掏出口袋的手機看看時間，是下午兩點。花兩小時把冰箱整理乾淨，然後去超市吧。

下定決心後，春花打開冰箱。

結成硬塊的高湯粉；七味唐辛子褪色成咖啡色，一看，老早就過期了；小瓶山椒也很可疑；軟管包裝的山葵、生薑跟黃芥末醬，根本想不起來上次使用是什麼時候；蔬菜室有幾包裝在塑膠袋裡的不明物體，黏黏糊糊的綠色物體大概是小黃瓜，橘色的乾扁物體八成是紅蘿蔔吧。這些全都丟了。

接下來是冷凍庫。裡面有很多冰淇淋，就算冷凍了很多年，也不至於壞掉吧？春花拿出一盒打開來瞧瞧，好像怪怪的耶。裡頭每個成分都分離了，試吃一口只嘗到怪味，她趕緊吐在水槽，漱了漱口。

此時，手機響了。是綾子打來的。

「春花，抱歉突然打來，妳今晚忙嗎？」

「不會啊。」

「啊，太好了。今天我要開家庭派對，妳能不能順路帶上次那種圓形的大蛋糕？」

「抱歉，我不去。」

「為什麼？妳不是說不忙嗎？」

「今天我要打掃家裡。」

「打掃？也不用急著今天掃吧。」

「我就是想今天掃。」

「啥！這樣我很傷腦筋耶。」

「傷腦筋？為什麼？」

「因為……」

「因為沒有人當保姆？」

「討厭啦，妳真是的。妳該不會一直都這麼想吧？誤會可大了。餐點我準備了妳的份，而且也邀了適合妳的帥哥喔。」

「我問妳，美咲今天會待在娘家嗎？」

「這個嘛……我媽滿忙的。」

「綾子，今天我不去，以後也不會去。」

「為什麼？如果是因為美咲，我向妳道歉就是了。」

「不是的，是我個人的因素。掰掰，下禮拜公司見囉。」

春花切斷電話。

這股怒氣非發洩出來不可。沒時間為綾子生氣了，有時間生氣，還不如把冰箱整理乾淨。

為了消除怒火，春花硬是在無人的廚房擠出微笑。

心情稍微好一點了。

好，加油吧！

正想繼續整理冰箱，這回卻響起簡訊聲。是悟史。

仔細想想，這是他第一次在週末主動聯絡。悟史都是跟家人一起過週末，所以至今從未在週末聯絡春花。

——好久沒一起喝酒了，下星期有空嗎？

春花的心平靜無波，她再也不優柔寡斷了。

這男人只是個蠢蛋而已。十萬里假裝媽媽打電話給他，還沒讓他學乖呀？

確定自己毫無眷戀後，春花放心了。

——拜託你別鬧了。乾脆我也學風鈴殺去你家好了？我不會再跟你見面了，再見。

用心過生活吧。

按下送出鍵時，春花腦中突然浮現這句話。

享受生活吧。

過自己的日子，別再被別人牽著鼻子走了。

春花閉上眼睛想像。從大窗戶灑落的陽光；乾淨的木質地板；高級沙發跟咖啡桌；凸窗的花盆。

紅色威尼斯玻璃花瓶，接下來也得好好珍惜才行。前陣子還想丟掉它呢！因為看到它就想起悟史，想到悟史就心痛。不過現在不同了。不久的將來，一定能忘記悟史，擁有其他美好的回憶。

在乾淨的客廳好好泡杯紅茶享用吧。

我要當一個能享受獨處的成熟女性。

不為了別人，而是為了自己。

春花下定決心。睜眼一看，敞開的窗戶正送來一陣清風。

① 自於岩手縣的傳統工藝品，由南部鐵器製成。
② 日本企業員工分為綜合職跟一般職。綜合職薪資、福利好，升遷機會也多，一般職門檻較低，但福利較差，升遷機會也少。
③ Wedgwood，英國國寶級品牌，以精緻骨瓷聞名。
④ 日式傳統點心，方形紅豆餡甜點。
⑤ 日本江戶時代於有田所生產的瓷器。

案例二

木魚堂

居然沒找我商量，就擅自找什麼整理師過來。

風味子到底在想什麼？

說到底，什麼整理師嘛，這種江湖術士大嬸哪能信啊？

我教出來的女兒不可能這麼笨啊。

國友展藏照著鏡子，刮起好久沒刮的鬍子。

仔細想想，這陣子除了風味子，我沒見過任何一個人，而且家裡好久沒客人了。

難怪一早就莫名緊張。

喂——把替換的衣服拿來。

我趕緊將到口的話吞回去。

老婆美津子在半年前因癌症過世。手術成功切除三分之二的胃，術後也返家正常生活；結果不到一年癌細胞就四處擴散，不久就撒手人寰了。

直到最近，我才發覺以前家裡客人多，是因為美津子人緣好。沒有人想來找我這種陰沉的老頭，我還是趕快去找美津子作伴算了。

「打擾了。」玄關傳來聲音。

「我是大庭十萬里。」

想不到聲音挺沉穩的。原本以為她的聲音會更高亢、更像個油嘴滑舌的生意人，這下總算能稍微放下戒心了。

走到玄關一瞧，對方是個隨處可見的大嬸。POLO衫搭上牛仔褲，穿得真輕便。我還以為她是個戴著銀框眼鏡、穿著套裝的苗條女子呢……

「好棒的城鎮呀。鎮上充滿老街風格呢。」

「嗯，過獎了。」

鎮上有很多老師傅。傳統裱糊匠、榻榻米師傅、佛像雕刻師、刻印師、木匠、西裝裁縫師等等，各行各業都有。儘管行業各不相同，共通點就是賺不到錢，而且多半無人繼承家業。

以前鎮上很熱鬧，現在卻冷冷清清。每戶人家的兒子都變成上班族，女兒則嫁給上班族，住在同一個模子刻出來的雅緻大樓。我家的風味子也不例外。

國友木魚堂到我手上是第三代了。風味子是我的獨生女，雖然我也想過讓女婿繼承木魚事業，但我跟美津子一次也不曾說出口。我是長子，只有繼承家業這條路能走，無法自由選擇人生。因此，我想讓小孩做自己想做的事，不想讓寶貝女兒跟我吃一樣的苦。

「今天，是令嫒風味子小姐委託我來的。」

「風味子跟我說過，不過我對於這件事……」

「那我就打擾囉。」

話都還沒說完，這大嬸就擅自脫鞋進門了。

「一樓是工作室、辦公室、廚房、浴室、廁所、客廳跟儲藏室，對吧？」

大嬸從黑色大包包取出一張紙，攤開來詢問道。

我的天啊，風味子怎麼連平面圖都給了？讓這種來路不明的女人知道家裡的格局還得了，風味子這孩子，警覺心也太低了！

「二樓有三間三坪大的房間，現在沒有人住。沒錯吧？」

明明臉跟身材都圓滾滾，語氣卻像刑警問案，搞得好像我做了什麼壞事一樣。這人越看越討厭。

「沒錯是沒錯啦，可是我工作很忙，妳就趕快掃一掃趕快走吧。」

「我不是來打掃的喔。」

「咦？可是我女兒說有整理師要來……」

「我不是負責整理，而是指導如何整理。」

搞什麼嘛，跩的咧。

「說什麼指導，我告訴妳，我啊……」

「我已經參觀過府上了，接下來會制定整理方針，請您務必遵守與配合。」

這女人是聽不懂人話啊。

指導？

笑死人了。

光是出一張嘴叫人做東做西就能領錢，這種工作我也想做！

我的不滿應該全寫在臉上，但這大嬸不知是沒發現還是不在意，只見她又將胖嘟嘟的手伸進包包，窸窸窣窣地摸索起來。

「風味子小姐寄了檢測表給我，根據上面的答案……」

大嬸那嬰兒般肥嫩的手，掏出一張紙。

「讓我看一下。」

我一把搶過來，當場瀏覽。

請用○或×來回答下列問題，並在括號內自由填寫原因或意見。

第一題　您有摺衣服的習慣嗎？

×（家父完全不做家事，因此都是由我摺衣服。）

第二題　雜物淹沒地面，連地板都看不見？

×（不會。因為我會打掃。）

第三題　麵包常常發霉嗎？

×（家裡的食物也都是由我妥善管理。）

第四題　茶水就算潑到地上也不擦？

○（我覺得家父應該不會擦。）

第五題　捨不得丟報紙嗎？

×（家父倒是會丟報紙。他說用繩子捆報紙是「男人的工作」。）

第六題　捨不得丟以前的賀年卡嗎？

○（在家父的字典裡，沒有清理廢棄物這五個字。）

第七題　常常找不到東西嗎？

○（家母在世時，只要他對家母喊一聲，他要的東西就會像魔法一樣變出來。因此家母過世後，他連指甲剪都找不到，每次要剪指甲，就得翻遍整個家。）

第八題　衝動購物，結果買完就忘了？

○（家父不買東西，衣服都是家母買什麼，他就穿什麼。家父對穿著打扮漠不關心，不僅如此，連去超市的次數都屈指可數。）

第九題　不好意思邀別人來自己家？

○（我下班後會順道過去打掃。不敢說一塵不染，但應該算乾淨。）

第十題　窗戶打不開？

○（地上的雜物不至於多到讓人無法走到窗邊，我想家裡還算整潔。只是跟家母在世時比起來，家裡好像越來越凌亂了。）

——附註：家母過世後，家父好像對任何事都興趣缺缺。常有丈夫在妻子走後不久也跟著過世，所以我很擔心。家父才六十幾歲，做木魚的功夫也有口碑，時常接到訂單。他不是上班族，所以也沒有退休年齡的限制，我希望他能快樂工作、快樂生活。十萬里老師有一句名言，您的著作副標題寫著「打掃您的心」。誠摯拜託您，請務必為家父找到積極生活的動力。

風味子這丫頭，居然瞞著我亂寫一通。

「接下來，我要依序參觀各個房間。」

風味子差不多該到了，怎麼還沒來？

風味子是小學老師，今天是星期六，應該不用上班，難道是去參加臨時教職員會議？這年頭的老師跟以前不一樣，頭痛的事情可多了；什麼怪物家長、霸凌、班級失控，這些都不是新鮮事，每間學校的校長都天天忙著挨家挨戶向家長道歉，更嚇人的是，聽說最近都沒人想當校長跟教務主任了。風味子的老公也是小學老師，去年因為壓力太大，還得了圓形禿。

總而言之，風味子，妳快點來吧。

光是想到要跟晚娘臉大嬸在家裡獨處，我就快窒息了。

「風味子小姐住在這一帶嗎？」

「車程大概三十分鐘吧。」

「離得滿遠的耶。風味子小姐下班後會過來煮晚餐吧？天天這樣很辛苦耶。風味子小姐也有自己的家事要做呀。」

「我從以前就對家事一竅不通，而且年紀也大了，哪學得來那麼多家事。」

我以為大嬸會回我：「也對啦」、「哪個家庭的男人不是這樣」，不料她只是瞟了我一眼，什麼都沒說。我這輩子從沒見過這麼討人厭的女人。

大嬸逕自走進客廳，站在五斗櫃前面。

「您介意我打開嗎？」

「呃，請便。」

其實我不是很樂意，但誰教她是整理師，沒辦法。

大嬸從上面依序拉開抽屜，大致掃視一遍。

「找衣服跟貼身衣物的時候，應該很難找吧？」

「就是說啊。根本搞不懂放在哪裡嘛。光是找一件襯衫，就得開一堆櫃子。而且要是櫃子都集中在一個房間就算了，那間房也有櫃子、這間房也有櫃子，分散在不同房間。」

「這個櫃子裡面有八成是尊夫人的衣服，那其他的櫃子呢？」

「幾乎都差不多。二樓有幾個專門放內人衣物的櫃子，倒是沒有我專用的櫃子。」

「這樣呀。那麼，老闆，就來做一個您專用的櫃子吧。風味子小姐說您的衣服很少，我想一個櫃子就夠了。這麼一來，您就不必每次都得開好幾個櫃子，光是這樣就省事多了。」

「原來如此，說的也是。」

「尊夫人的物品打算怎麼處理呢？」

「風味子說很快就會整理，不過那孩子好像也滿忙的。」

「風味子小姐會穿尊夫人的衣服嗎？」

「不，這倒不會。她們身高差了將近十公分，而且風味子肩膀比較寬，骨架比較大。」

「那麼，老闆，乾脆由您來處理吧？您時間比較寬裕，由您主動處理，忙碌的令嬡也能鬆口氣。」

「不用啦，風味子說要做，那就給她做就好啦。」

我以為大嬸會說「這樣呀」或是「我明白了」，想不到她又盯著五斗櫃，吭都不吭一聲。她這點真的很討人厭，這種態度怎麼賺得到錢啊？

「接下來請讓我看看浴室。」

「請便請便。」

我已經半放棄了。想看什麼就看個夠，然後趕快滾吧。

到了浴室，大嬸大致掃視一圈，然後將洗衣間的櫥櫃一個個打開來。

「全都是尊夫人的東西呢。」

美津子常用的洗髮精跟色彩美麗的肥皂都放在原本的位置，動都沒動過。

「老闆，您不用的東西，還是丟掉比較好喔。」

「風味子說很快就會處理，沒關係啦。」我說。

大嬸嘆了口氣，一副故意嘆氣給我看的樣子。

搞什麼鬼啊？沒遇過這麼沒禮貌的！

大嬸快滾回去啦。

此時，玄關的拉門發出咔啦咔啦的開門聲。

「抱歉，我來晚了。」

是風味子的聲音。

「十萬里老師，謝謝您今天特地來這一趟。」

風味子從浴室門邊探出頭來。

「打擾了。我正在探訪家裡的環境呢。」

今天風味子看起來依然心事重重。

「春翔還好嗎？」

雖然大嬸在場，我還是忍不住想問個究竟。

「嗯……還是老樣子。」

「這星期還是沒去上學？」

「……嗯。」

「連一天都沒去？」

「嗯……一天也沒去。」

「這樣啊……虧他還考上那麼好的高中呢。」

五月病[6]應該是五月的疾病，我以為到了六月，就會自然痊癒了。但是現在都七月了，再過幾星期，就要放暑假了。

春翔是我唯一的寶貝孫子，明明才高一，卻這麼快就遇到了人生的挫折。想到春翔的未來就擔心，有時甚至睡不著覺。這種時候我都會想，要是美津子在就好了。勞碌命的美津子經歷那麼多難關，或許能提供什麼好建議。

「爸，你帶老師看過二樓了嗎？」

「不，還沒。既然妳來了，就交給妳啦。」

「爸，這裡是你家耶，你來帶路啦。我很忙的。」

語氣也太強硬了。今天的風味子有點反常。

風味子好像忙到連外套都沒時間脫，只見她將洗衣精跟衣物倒進浴室前的洗衣機，然後按下按鈕。連包包都還掛在肩上。接著，她又三步併兩步地進入廚房。老樣子，還是忙到靜不下來。

「令嬡每天都是這樣嗎？」

她目送風味子離去，表情好像有點難過。

「嗯……差不多吧。」

大嬸靜悄悄地穿越走廊進入廚房，注視風味子的背影。

風味子站在流理檯前，用海綿搓出洗碗精泡泡，陸續清洗碗盤。

「欸，爸。」風味子轉過來，劈頭就瞪了我一眼。「你根本沒用紙盤跟紙杯嘛！虧我這麼忙還特地買給你，而且還放在顯眼的地方呢。」

「用免洗餐具多浪費啊！紙杯這玩意兒啊，就是要用在露營跟野餐啦。」

「爸，你就是這樣，才會害我每天都得回娘家洗碗！」

「咦？」

只是洗個碗而已，有那麼累嗎？我以為這只是小事……

此時，我發覺風味子有黑眼圈。

「爸，既然你討厭免洗餐具，麻煩你自己的碗盤自己洗。」

發飆似地說完後，她又轉向流理檯，開始沖洗碗盤。碗盤發出鏘鏘的碰撞聲。我第一次看到她洗得這麼粗魯。

「媽也真是的，為什麼不把老公教好？真受不了。」

風味子居然發火，這太罕見了。

「爸，你為什麼用這個碗？」

風味子又轉過來，兩手高舉沾滿泡泡的碗，與眼睛同高。

「為什麼？沒為什麼啊……」

我對碗盤的圖案跟形狀完全沒興趣，只是看到什麼就用什麼。

美津子常說「用這漂亮的盤子裝食物，吃起來一定特別好吃」、「營造出來的氣氛真好」，我完全不懂這一套。不管用什麼碗盤，好吃的東西就是好吃，難吃的東西就是難吃。

「你幹嘛特地用這麼重的東西？家裡有更輕的碗啊，這碗這麼重，洗起來很累耶。」

她一副要把碗砸到流理檯的樣子。

「爸，拜託你為洗碗的人著想一下！」

「……抱歉。」

到底怎麼了？

風味子今天好奇怪。學校發生了什麼事嗎？

還是說，小倆口吵架了？

該不會是我害的吧？

美津子過世隔天，風味子就開始每天過來幫忙。我從來沒有拜託她這麼做，我以為她是自願過來的。

難道我徹底誤會了嗎？

如果風味子覺得很累，大可早點說啊。還是說，我應該主動察覺才對？

話說回來，幹嘛偏偏挑整理師來的這天發飆啊。

「我想說待會再洗……」突然覺得好尷尬。「下次我會自己洗的。」

「爸，你上次也這麼說。」

「是喔……抱歉。」

大嬸依然默不吭聲地注視風味子的背影。明明她都聽見我們的說話內容了。

「那，我來帶妳看看二樓。」

「不，我想在這裡多看看廚房。」

說完，大嬸還是動也不動。

我沒事可做，只好坐在大嬸旁邊望著風味子的背影。

風味子洗完碗盤後，緊接著又開始洗米；洗完米放進電子鍋後，她又用鍋子燒水，從冰箱拿出白蘿蔔洗淨，開始削皮。

她每個動作都好急促。不只是急促，簡直到了分秒必爭的程度。我看得都累了。以前也是這樣嗎？仔細想想，我從未仔細觀看風味子做家事的樣子。做得這麼急，肯定會累啊。

「風味子，妳也不必這麼急嘛。」

「怎麼能不急？我還有自己家的家事要做，而且我也擔心春翔，恨不得馬上回家看他。」

風味子一刻不停歇地削著紅蘿蔔，頭也不回地撂下這番話。

接著，她陸續切好蔬菜跟肉，放進鍋中。

大概是所有材料都放進去了吧，她蓋上鍋蓋轉小火，轉換心情似地深吐一口氣。然後，她打開冰箱，邊看邊寫備忘錄。「呃……納豆沒了。吐司、起司跟火腿也沒了。爸，調味料還夠嗎？」

「不知道耶。」

風味子鄙視地瞟了我一眼，接著又嘆口氣，一手拿著便條紙，四處檢查櫃子。

「醬油、味醂、料理酒、伍斯特醬、豬排醬、美乃滋、番茄醬、味噌……這些都夠用。啊！中式調味醬只剩下一點點，還有黃芥末醬也是。」

她一邊自言自語，一邊寫備忘錄。

「爸，我去一下超市，你趁這時間帶十萬里老師看二樓。」

風味子匆匆脫掉圍裙，瞥了一眼牆上的時鐘。「十萬里老師，不好意思，我失陪一下……」

風味子一邊低頭致意，一邊從口袋掏出手機。大概是想打電話給春翔吧。看來，風味子似乎一秒也無法不想春翔。

電話鈴聲響了，但春翔還是老樣子，遲遲不接電話。風味子的眉頭越鎖越緊。

「喂，春翔？怎麼不馬上接電話？我會擔心耶。」聲音聽起來煩躁到極點。「春翔？你在聽嗎？今天媽媽會晚一點到家，冰箱裡面……」

話說到一半，風味子突然打住，愣愣地盯著地板上的某一點。看來，她被掛電話了。

「風味子，妳對春翔保護過度了啦。」

「你說得倒輕鬆，萬一春翔自殺怎麼辦？」她狠狠瞪著我。

「妳別那麼激動嘛。讓他休學一年就好啦。人生那麼長，休息一年不會怎樣啦。

有些人像美津子一樣六十多歲就往生，也有些人像對面的傘店婆婆一樣，九十幾歲還是很硬朗啊。」

「我說啊，休學一年，就代表必須跟小自己一屆的學弟妹當同學耶。」

「沒錯啊，那當然。」

「難道你不知道，這對青春期的男生而言，是很大的精神創傷嗎？」

「妳還不是重考一年才上大學。」

「大學生跟高中生完全不一樣。明明什麼都不懂，只會出一張嘴。要是春翔真的變成繭居族，看你怎麼賠我！」

最後，她簡直是用吼的。

我驚訝地望著風味子。

不知道究竟是像誰，風味子從小就擅長念書。從小學起，她的夢想就是當老師，大學畢業後，也如願登上小學教壇，教書將近二十年。

硬要說的話，平常她屬於不輕易流露情感的人，但自從春翔拒絕上學，她就變得成天緊張兮兮。不過，我從未見過她像今天這麼暴躁。

「我……可能會辭掉工作。」風味子喃喃說道。「不陪在春翔身邊，我實在不放心。因為要是……」

風味子瞥了一眼牆上的時鐘。她應該很想馬上回家看春翔吧。

「風味子小姐，如果您不介意，就由我來買東西吧。」大嬸忽然開口。「能不能給我剛才的便條紙？」

她向風味子伸手。

「真的嗎？」

風味子抬起頭，一副看到救星的樣子。

「大嬸……不，這位十萬里老師，妳知道超市在哪裡嗎？這一帶妳不是第一次來？」

「老闆，您要帶我去呀。」

她居然說得臉不紅氣不喘！

「我？我怎麼可能去什麼超市啊。年輕小伙子就算了，這一帶沒有男人會去超市啦。堂堂一個師傅的臉，臉要往哪兒擺啊。總之我絕對不去超市……」

「那這個就拜託您了。」風味子將便條紙遞給大嬸。「十萬里老師，多虧有您幫忙。真的很謝謝您。」

說完，風味子又狠狠瞟了我一眼。「爸，偶爾也要呼吸外面的空氣啊。」

「有啊，我每天都去院子吸空氣。」

「十萬里老師，我父親越來越懶得出門了。成天只會躺在客廳看電視。」

「這可不行。」

「說到我父親的日常活動，頂多就是剪剪樹枝、餵餵池子裡的金魚而已。」

「這樣身體會生鏽啦。」

「偶而出門，卻只是剪頭髮、上銀行，而且還開車去喔！明明走幾步路就到了。」

「如果不使用肌肉，肌肉很快就會老化，年紀大的人更不用說了。」

我禁不起這兩個女人的精神轟炸，只好去超市了。

「十萬里老師，車子在這裡啦。」我走出家門，匆匆邁向車庫。

「我們要走路去超市呀。」

這女人在鬼扯什麼？

「拜託，我們又不是去散步。大包小包的很重耶。」

「重才好呀，這樣才能運動。」

說來也妙，被她這張撲克臉一說，我突然無法回嘴了。

我從以前就對這種一板一眼的女人沒轍。

希望待會不要遇到鄰居才好……

我將帽簷壓低，低著頭走路。從家裡到超市這趟五分鐘的路程，忽然變得好漫長。大嬸緊緊跟在我後面。我不想被誤會帶著女人上街，於是加快腳程拉開距離，不料大嬸也跟著加快。簡直就跟破綻百出的狗仔一樣嘛。

「哎呀！這不是十萬里老師嗎？」

背後響起獨特的嗓音。這一定是講話帶鼻音的印染鋪老闆娘。以前她是鎮上最出名的美女，美津子常說她過了六十歲皮膚還是光滑細緻，很適合穿和服，真令人羨慕。

「我是十萬里老師的忠實粉絲！能不能跟您握個手？哇，好開心喔！惠美，大庭十萬里老師來了！」老闆娘大聲呼喚顧店的媳婦。

「哇——真的耶！想不到可以見到您，太感動了！」惠美邊說邊衝出店外，發出響亮的腳步聲。

看來不能再裝傻了，我只好回頭。

「咦？這不是木魚堂的大叔嗎？大叔該不會委託十萬里老師指導整理吧？」惠美說。

「不是我啦。都是風味子雞婆，真受不了。」

「畢竟風味子很忙嘛。聽說這年頭的學校老師要忙東忙西的，很辛苦呢。如果需要女人幫忙，大可儘管說呀。」

「謝啦。」

「大叔，你要送十萬里老師去車站嗎？」惠美說。

「……嗯，呃，差不多啦。」

「不是的，我們要去超市買東西。」

「超市？」老闆娘驚訝地望著我。「太好了，真不愧是十萬里老師。」

到底哪裡好？有什麼好稱讚的？我從以前就搞不懂女人講的話。

老闆娘對我溫柔一笑，四目相交那一刻，我心臟差點漏一拍。這個十萬里大嬸，要是也能跟印染鋪老闆娘一樣溫柔可人，該有多好。

「不好意思，」大嬸對印染鋪老闆娘說。「介意我待會去府上拜訪嗎？有件事想拜託您。」

「哎呀，十萬里老師要拜託我什麼呢？好期待唷。別客氣，儘管來，恭候您的大駕。」

連老闆娘都一下子就上當了。真搞不懂，怎麼會有人相信整理師這種江湖術士。

終於到了超市。

大嬸把籃子推給我，接著也把風味子的便條紙塞給我。

「請您按照清單買齊。」

本來以為只要跟在大嬸後面就好，果然太天真了。

——納豆、吐司、起司、火腿、中式調味醬、黃芥末醬……

「哪些東西放在哪裡，大致上記一下吧。」

憑什麼要我記？

如果是昨天的我，一定會嗆回去。但我現在懂了。目前為止的我，不知給風味子造成多少負擔。

「從第一排開始逛吧，從現在起，請您自己買東西。」

不用說我也知道。風味子那張瀕臨崩潰邊緣的臉龐，一直在我腦海盤旋。

「您該不會是十萬里老師吧？」

無論走到蔬菜區、鮮魚區還是熟食區，都有人對大嬸打招呼、請求握手。看來大嬸很有名，只是我不知道而已。原來她沒有我想像中那麼可疑啊，那就不用擔心了，不過……我還是巴不得早點從大嬸手中解脫。

一回到家裡，就聞到炊飯香。

踏進廚房一看，桌上已擺好熱騰騰的滷菜、味噌湯跟烤魚。風味子站在桌子的另一端，打開電子鍋攪拌白飯。

「爸，我該回去了。衣服我幫你晾好了，明天記得收進來，別忘囉。千萬別像上次一樣忘記收喔。我走了，明天見。」

「我也跟您一起去。」大嬸說。

「那就麻煩您了。」風味子面不改色地說。看來她們早就說好了。

「風味子，妳們家也請這位老師幫忙嗎？」

「不是啦……只是要談一些事。」

怎麼講得支支吾吾的。

她們該不會瞞了我什麼？這兩個人在打什麼主意？

「我會按照今天觀察到的狀況，擬定整理計劃。」大嬸邊收東西邊說。「下次是兩星期後，跟今天相同時間好嗎？」

「咦！不是今天就結束了嗎？」

「我應該跟風味子小姐說過，今天只是檢視『凌亂度』而已。」

我哪知道啊。我驚訝地望向風味子，她也面不改色地望著我。

開什麼玩笑！我以為一天就結束，所以才忍到現在耶。

「附帶一提，『凌亂度』從輕症到重症分成三階段，老闆屬於重症。」

「重症？為什麼啊？不是每個房間都整理得很乾淨嗎？」

「那是多虧風味子小姐幫忙，不是靠您的力量。」

「喔……」

「放心吧。來找我的客戶幾乎都是重症，一定會逐漸痊癒的。」

她自信滿滿地說道。連風味子都佩服地點點頭。

「像老闆這樣的重症，一個月需要指導兩次，連續三個月。」

「三個月？這麼久？」

「不僅如此，半年後也會檢查一次。畢竟如果沒有照表操課，很有可能半途而廢的。好，我要出作業囉。請把客廳的五斗櫃當成您專用的櫃子，以後不要再四處找櫃子了。」

「是是是，我會盡量不辜負老師期待的。」

大嬸八成看不慣我嘻嘻哈哈的態度，目露凶光地直直盯著我。

「好啦，我做啦，我做就是了嘛。風味子看起來也很忙，自己的事情還是得自己做啊。」到這節骨眼，只好豁出去了。

此時，大嬸突然笑了。

這是她今天首次露出笑容。這笑容殺得我措手不及，不自覺別開視線。

真希望今天就結束啊。這大嬸光是待在家裡就害我不自在，下次一定要想辦法拒絕她，下回她來之前，非得想辦法不可。

隔天，我正疑惑風味子怎麼還不來，印染鋪的惠美卻來了。

「是十萬里老師拜託我來的啦。她要我教你做一些基本家事，接下來這段時間，我跟婆婆會輪流過來。」

平常我會覺得「要妳雞婆」，但我就是對惠美的親切笑容沒轍。我記得她跟風味子都是四十幾歲，卻跟神經兮兮的風味子大不相同，看起來樂觀開朗，連我的心情都好了起來。

「真不好意思啊，還讓妳百忙之中撥空過來。」

「才不忙呢，店裡閒到不行。」

印染鋪的長子在食品公司上班，至於印染鋪的工作，就由老闆大叔、老闆娘跟媳婦惠美三人勉強撐下去。

「而且，以前我婆婆受到美津子阿姨不少照顧，剛好能趁這機會報答她的恩情。」

「原來如此，是這樣啊。」

或許，美津子為我留下了無形的資產呢。

「大叔，那我們開始囉。今天要教的是基本中的基本，洗衣機的使用方式跟煮飯方法，還有如何做味噌湯跟燙菠菜。一次教太多也學不來，我們就慢慢來吧。」

「老師，請多多指教。」我對惠美深深一鞠躬。

「討厭啦，大叔真是的。」惠美哈哈大笑。

她跟那個大嬸，簡直是天壤之別。

將近七月底時，春翔一個人來找我。

「外公好。」

他在門口對我點頭致意。

許久不見的春翔，臉上一點生氣也沒有。明明豔陽高照，他卻臉色蒼白，大概是足不出戶的關係吧。不過，既然願意來找我，表示他還沒變成走不出房間的繭居族，光是這樣就令人欣慰。

「話說回來，你的行李好多啊。」

他不僅拖著一個大行李箱，還背著背包。

「畢竟我要在這裡住一個月嘛。」春翔邊說邊脫下運動鞋。

我怎麼不知道他要住一個月？我以為頂多住兩天吧。

「嘴上這麼說，我看你待個一小時就無聊到想走了吧。」

「沒這回事，我會住在這裡一陣子的。」

「你是不是在家裡待不下去？」

「嗯，我媽老愛瞎操心，害我覺得整天被監視。」

「……這樣啊。」

「我會幫忙做家事的。反正我媽暫時也不會過來，而且聽說外公工作很忙。」

「咦？嗯……對啊，訂單接到手軟，實在很傷腦筋。」

我可不是愛面子，只是突然覺得，一定要當孫子的好榜樣。直覺告訴我，絕對不能讓拒絕上學的孫子，看到我不工作也有飯吃的模樣。

「外公好厲害喔。」

他一臉崇拜地看著我。這下子，我非認真做木魚不可了。我確實接了幾張訂單，但自從美津子過世，我就提不起勁做事，搞得訂單越積越多，只好撒謊要客人延期。

我馬上趕往工作室。我非去不可，不裝忙說不過去。

春翔也隨後跟來，好奇地在工作室探頭探腦。

「春翔，你不是從小就來過這裡很多次嗎？」

「因為以前我並沒有把『做木魚』當成一項行業，簡單說就是沒有當成人生的選項之一，只是抱著參觀外公工作室的心態而已。」

他講話真是咬文嚼字，這點跟風味子真像。

「好好喔，外公有一技之長。」

明明才十六歲，卻擺出一副人生沒希望的表情。

「那你也來學個一技之長啊。」

「我媽也這麼說。」

「喔？這樣啊。原來風味子說過這種話啊。」

太意外了。我記得她從春翔小時候就逼他上補習班，整天要他念書、念書、念書。我以為她想要春翔上好高中、好大學，將來變成社會菁英。我覺得這樣有點過火，但也覺得時代越變越快，沒有我這種老人插嘴的餘地，因此一直保持沉默。想不到最關心兒子教育的風味子，竟然勸春翔學一技之長。

「她希望你進哪一行？」

「醫生或律師。」

「什麼嘛，原來是這種一技之長喔。」

她所謂的一技之長，好像不是指木魚師傅。

「外公，我可以來這裡看你做木魚嗎？」

「當然可以啊。」

「日本有多少木魚師傅？」

「我聽說全日本大概才二十人左右。不只是木魚師傅，各行各業的師傅都越來越少了。畢竟賺不到錢，也難怪啦。」

「外公，為什麼你想當木魚師傅？」

「因為我沒有選擇的餘地啊。我是長子，必須繼承父親的衣缽，只是這樣而已。」

春翔湊過來，目不轉睛地看我使用鑿子。一陣子沒工作的報應終於來了，手實在有點生疏。

「外公，做木魚有趣嗎？」

「起初覺得很無聊啊。年輕的時候，簡直討厭這工作到極點，認為當長子真倒楣。直到進這一行第五年，我才開始覺得有趣。每做好一個木魚，我就覺得技術更成熟了一點；不僅有成就感，也看得見成果。只是，偶爾在路上遇見同學，看著他們西裝筆挺，我就心生羨慕，覺得當上班族好像很酷、很快樂。反觀自己穿著骯髒的工作服，我就會忍不住沮喪起來，心想自己到底在幹嘛。可是，每做好一個木魚，我就又進步一些，覺得一切都值得了。做這一行，就是這樣反覆循環。」

「喔——原來如此啊。」

春翔盤起胳膊，一副若有所思的樣子。

「做木魚是一場長期抗戰，批來的樟樹，得陰乾五年才行。」

「哇，要放上整整五年啊？」

「是啊。之後，再用鋸子鋸成適當的大小，挖掉內部，然後再放上三到五年，讓它自然乾燥。接著，才能拿來雕刻。雕刻完之後，要將表面磨亮，調整音色。」

「調音？」

「畢竟木魚就是用來發出聲音的啊。」

「要怎麼調音？」

「首先閉上眼睛，摒除雜念。春翔，你也閉上眼睛。」

確認春翔閉上眼睛後，我用敲棍敲打木魚。「集中精神，用全身感受聲音跟空氣的振動。」

「原來做木魚，是這麼需要細心的工作啊。」

春翔讚嘆地說著，一邊睜開眼睛。

「那是當然的。為了發出好的聲音，只能一公釐、兩公釐地慢慢挖掉木頭內部，身體不好根本做不來。判斷聲音的好壞，只能仰賴直覺。」

「要花上幾年，才能培養直覺呢？」

「其實，我也只算是半吊子而已。就算做了五十年，需要學的還是一大堆。」

「與其仰賴直覺，不如求助於科學數值……」

春翔唸唸有詞地注視著天花板，皺起眉頭。那張苦思的側臉跟風味子像極了，令我不禁莞爾。

「如果是比較大的木魚，甚至得花上十年才能完成。這一行不好賺，但是即使我走了，我做的木魚還是會流傳幾十年、幾百年，想到就欣慰。」

「外公，如果你死掉了，這裡會變成什麼樣子？」

「你媽應該會把整棟房子處理掉吧。」

「那太可惜了。」

春翔突然站起來，從口袋掏出手機，開始為工作室拍下一張張的照片。「我忽然好想為這裡留下照片喔。」真是烏鴉嘴。

「我沒那麼快死啦。」

「外公，你要長命百歲喔。」

這話也太感人了吧。

「謝啦。」

「我是說真的。你現在死掉的話，我就慘了。」

春翔一副走投無路的樣子。

「怎麼樣，春翔，你要不要刻刻看？」

「咦！可以嗎？」

他眼睛一亮。

「那邊不是有很多碎木頭嗎？用那些來練習吧。你選一個，然後用鉛筆在上面打草稿。」

「嗯，我試試看。」

春翔馬上挑了一塊木頭。

「圖案大致上分成兩種。一種是兩隻龍含著珠子的『龍雕』，另一種是模擬天守閣城鯱瓦[7]的『鯱雕』。看你喜歡哪一種，挑來試試看吧。範本在這裡。」春翔拿起範本，興致勃勃地比較一番，最後選了「龍雕」。

「對了，春翔，今晚你想吃什麼？」

「咖哩飯。」

「好，那我們待會一起去超市買菜。」

「咦？外公，你不是討厭上超市嗎？媽說你討厭上超市啊。」

為了春翔，上超市算什麼。

春翔看起來比我更缺乏運動。明明從小到國中都是個敏捷的少年，現在卻變遲鈍了。連他從椅子上站起來，我都幾乎能聽見「嘿咻」的喘息聲。

「其實啊，超市比想像中好玩喔。什麼東西都買得到耶。」

「大家都知道啊。」

「春翔，你會做咖哩飯嗎？」

「沒什麼把握。」

「其實我也是。」

春翔一聽，頓時哈哈大笑。

好久沒看到春翔笑了，他的表情還是一樣僵硬，看了心情真複雜。

「本來很擔心你，看你比想像中有精神，我就放心了。」

我試探性說出口，春翔的臉登時垮了下來。

「因為現在放暑假啊。想到除了我之外，大家也在放假，心裡就稍微輕鬆了些。」

「我懂了，原來是這樣啊。」

「我真是個笨蛋啊。」

「你哪裡笨了？春翔，你擁有別人所沒有的天賦。」

「咦！真的嗎？」

他雙眼圓睜地看著我。

「真的。你是個做大事的人，我看得出來。」

這是最棒的魔咒，沒有任何根據，但是未來沒有人能說得準，所以也不完全是謊言。而這番話，將成為畢生的心靈支柱。

我高中要叛逆時，老媽對我說過一句話。

——你是一個特別的人喔。你跟一般小鬼不一樣，總有一天，你會得到某些事物。

聽妳鬼扯！當初我反嗆回去，但其實心裡很高興。說來我也真單純，那句話讓我看見了人生的希望。如今回想起老媽的話，心裡還是覺得暖暖的。

不經意一瞧，春翔揚起了嘴角。希望緊緊束縛住春翔的自卑枷鎖，能稍微鬆開一點……

「春翔，暫時忘了學校的事吧。暑假還有一個月以上，在這兒好好休息吧。」

「嗯，謝謝。」

接著，我跟春翔一起上超市，買了咖哩飯的材料跟冰西瓜。

隔天起，我們兩個男人開始互相扶持度日。這段期間，風味子完全沒出現。我們兩天洗衣服一次，一星期開兩次吸塵器；美津子的遺物，我也開始慢慢丟掉。若是煮菜遇到不懂的地方，我就請教印染鋪的惠美，或是自己憑感覺亂煮，然後吃掉自己煮出來的不明料理。

這一天，那個整理師大嬸來了。

大嬸一來，劈頭就要我把自己專用的五斗櫃秀出來。我知道她會來這招，因此早就把自己的衣物塞進一個五斗櫃裡了。

「好棒喔。」

她面無表情地擺出一副稱讚小學生的樣子。

「今天來整理餐具櫃吧。請您將這兩星期用過的餐具，排列在桌子上。」

麻煩死了！儘管內心不甘不願，她的威嚴還是逼得我不敢不從。

說起最近用過的餐具，就是用來跟春翔吃咖哩的盤子、飯碗、味噌湯碗、買壽司回來時用過的醬油碟、裝炒青菜的中型盤子、玻璃杯、茶壺跟茶杯、拉麵碗、蕎麥麵或麵線醬杯、馬克杯、咖啡杯、裝涼拌料理的玻璃碗、裝毛豆的大玻璃碗、裝西瓜的大盤子、裝親子丼的碗……量還真不少啊。

「大概就這些吧。」

「好，那其他餐具就丟了吧。」

「咦！不用這麼極端吧……」

桌上的餐具確實比想像中多，但還不到總量的十分之一。大餐具櫃還裝了一堆餐具，連櫃子深處都塞得滿滿。

「我得跟風味子討論一下。或許她想留幾個當作我太太的遺物。」

「好，那就這麼做吧。不用的餐具就放在紙箱裡，收到儲藏室。光是這樣，就能讓餐具櫃變得好用許多。」

「我來做吧。」春翔說。「剛好趁機運動一下。」

「那麼，接下來整理鞋櫃吧。」

來到玄關打開鞋櫃一看，果不其然，當中約莫八成都是美津子的鞋子。美津子的腳很小，所以大腳丫的風味子，連一雙都穿不下。

「要不要乾脆全部丟掉呢？」

說完，大嬸露齒一笑。

覺得莫名開心。大嬸的笑容跟印染鋪的惠美不同，因為少見，所以會產生錯覺，誤以為大嬸的笑容更有價值。

我真是聰明一世，糊塗一時……

千萬不能連我都上當啊！

「看來，您終於做好準備，打算從夫妻生活轉換到獨居生活了呢。這樣做就對了。」

搞什麼嘛，踮個二五八萬的。

自從春翔來這裡，已經三星期了。

「逆好。」

我在工作室刻木魚，卻聽見門口傳來奇妙的聲音。你好的「你」字發音過重，簡單說就是在模仿外國人。

「逆好。」

又來了。

「外公，是誰啊？」春翔問道。

我可不認識這種莫名其妙的傢伙。

我們相偕到門口一看，是一對白人夫妻跟一個小女孩。夫妻倆胖得跟樟樹木頭沒兩樣，而藍眼小女孩則可愛得有如洋娃娃。

「逆好。」

三人的發音都一樣怪怪的，連小女孩也不例外，我不禁笑出來。

「不好意思打擾了，他們堅持想來國友木魚堂。」

好流利的日文。只見一名戴著眼鏡的日本男子，從木頭夫妻身後踮腳探出頭來。

他好像有點眼熟。

「啊！是有馬老師。外公，這個人常上電視耶。」春翔說。

啊，我想起來了。好像是精神科醫生之類的。

「是的，敝姓有馬。你好，這位是德國科隆的諮商師修米特先生。修米特先生看到木魚堂的官網，十分盼望藉著這次來日本，順道拜訪國友木魚堂，因此我特地帶修米特先生來訪。」

「官網？哪有什麼官網。」

「外公，是我做的啦。但是真沒想到，竟然有外國人看到我做的網頁耶。」

「啊，請進請進。」

真不敢相信，這種話居然會從我嘴裡說出口。

以前接待客人都是交給美津子，今後只能由我包辦大小事了。我依然是我，但我也是美津子。最近我開始產生這種想法。或許，這樣就能連同早逝的美津子的份，一起活下去。

我帶著客人們來到工作室，請他們就座。

「各位想喝咖啡、紅茶、綠茶，還是柳橙汁？」春翔用英文問道。

「Coffee, please.（請給我咖啡）」修米特說。

「Tea, please.（請給我茶）」夫人說。

「Orange juice, please.（請給我柳橙汁）」女孩說。

竟然三個人都點不一樣的飲料。外國人真是厚臉皮。

「那我喝綠茶。」連有馬都這樣！

春翔傻眼地問：「那外公呢？」

「我隨便啦。」

春翔擺出一副「我想也是」的表情，匆匆走向廚房。

飲料到齊後，修米特開始說話，但我實在聽不懂英文。

「修米特先生說他在研究禪學。」春翔解釋道。

「春翔，你聽得懂英文啊？」

「這點程度聽得懂啦。」

「修米特先生呢，」有馬啜飲日本茶。「在研究禪學的過程中，對木魚產生了興趣。如兩位所知，禪學已超越一時的風潮，在歐洲落地生根了。冥想的宗教色彩很淡，因此應該能輕易打入基督教文化圈。他希望國友木魚堂能做個英文版官網，只要把木魚放上官網販賣，賣到歐洲也不成問題。」

「想買木魚的話，中國有量產的便宜木魚啊。」我好心告訴他們。

多虧中國的量產木魚，害我生意一落千丈。不過，德國人哪看得懂什麼是好貨啊？我可不想把自己做的高價木魚推銷給外國人。

有馬翻譯給修米特聽，他用力搖頭。這聲強而有力的「NO」，連我都聽得懂。

「他想要的是展藏先生的作品。德國人並不喜歡量產的便宜貨，他說，他喜歡的是灌注大師靈魂的上等好貨。」

「外公真的好厲害喔。」

春翔對我露出崇拜的眼神。

暑假結束的前一個星期，風味子忽然來了。

「好幾個月沒看到春翔笑得這麼開心了。爸，謝謝你。」

剛剛風味子去工作室看春翔削木頭，看完就馬上來找我了。

「沒有啦，我什麼都沒做啊。我們只是每天一起煮飯、吃飯，偶爾洗衣掃地，還有練習刻木頭、散步而已。」

我們在廚房圍桌對坐。我端出冰麥茶。

「話說回來，妳真的好久沒來了。以前整天把春翔掛嘴上，怎麼現在一整個月都沒來看春翔？」

「因為十萬里老師禁止我見春翔呀，連打電話都不行。」

「為什麼？」

「這是十萬里老師制定的方針，她說暫時跟春翔分開比較好。」

「那個大嬸不是整理師嗎？」

「她不只是整理師，也很擅長為客人打掃心靈喔。」

「果然是江湖術士。」

「你不要這樣講十萬里老師啦。」

生氣就是被洗腦的證據！

「我問妳喔，那個大嬸第一次來家裡那天……」

重重懸在心頭許久的疑問，今天一定要一鼓作氣問清楚。

「那一天，妳不是邊洗碗邊對我發火嗎？我嚇了一跳，老實說……真的不好受。」

「爸，抱歉。其實那是十萬里老師的主意啦。」

「什麼？」

「我跟十萬里老師事先見過面，她要我說出自己的心情，然後勸我今後勇敢做自己，別再忍耐了。可是我覺得這樣爸爸很可憐呀，所以大力反對呢。」

女兒居然還可憐我，這下更難受了。

「結果，十萬里老師說『他不是您的父親嗎？根本不需要對父母客套呀』。」

「一點也沒錯。絕對不要再對我客套了。妳可是我唯一的孩子呢。」

「聽你這麼說，我很開心。可是，那天我越說越起勁，好像有點說過頭了。」

「沒這回事。今後妳就照那調調說話吧。我不管聽到什麼都不會在意，若是要女兒為我受委屈，那才罪過呢。」

「是嗎？那今後我就不客氣了，想說什麼就說什麼喔。把皮繃緊吧！呵呵。心情好像輕鬆了些。」

「她還指導妳什麼？」

「她要我每件事都跟老公商量。」

「我從以前就這麼想了。就拿春翔的事情來說吧，為什麼只有妳一個人煩惱？善彥呢？當爸爸的不用負責嗎？想起來就氣到受不了。但我不好意思干涉你們夫妻倆的事，所以一直忍耐到現在。」

「以前不是說過嗎？善彥這陣子一直忙著處理班級失控的事啊。」

「可是你們夫妻倆都是小學老師，應該互相幫忙吧。至少可以互相傾訴，互給建議啊。」

「沒那麼簡單啦。這年頭還是有很多人認為，班級失控是班導能力不足造成的。像我們學校，要是有老師帶到和樂融融的好學生班級，那可神氣了。尤其善彥自尊心很高，他應該巴不得連我都不要知道吧。可是，那種傳言傳得特別快，連我們學校的老師，也全都知道善彥的事。畢竟這圈子很小。所以我覺得還是裝傻好了，不然他實在很可憐。」

「你們這對夫妻也太見外了吧。」

「十萬里老師也這麼說。她說不管好消息還是壞消息，都應該互相傾訴。」

「這樣啊，原來那大嬸也說得出人話嘛。這個暑假妳跟善彥去旅行，該不會是大嬸的建議吧？」

「是呀。去香港真是去對了。那種充滿朝氣的城市，會帶給人活力；大家都努力打拚，不做表面功夫，腳踏實地生活。並不是說夫妻一起出門旅行，就能解決善彥的煩惱，但他好像也想通了某些事，回國後就變得開朗些了。」

風味子津津有味地啜飲一口麥茶。「對了，春翔還在工作室嗎？虧我還買了他愛吃的冰淇淋呢。」

「春翔一旦專心雕刻起來，一時半刻是不會離開工作室的。對了……」

我想趁機問另一件事。

「我看了凌亂度檢測表，看來，妳真的很擔心我耶……」

然而，那天的風味子卻邊洗碗邊發飆。簡直就像是把累積已久的怨恨發洩出來。那張憤怒的臉龐跟檢測表上的溫柔話語實在落差太大，導致我從那天以來就滿腦子混亂。

——附註：家母過世後，家父好像對任何事都興趣缺缺。常有丈夫在妻子走後不久也跟著過世，所以我很擔心。

「喔，那個呀。」風味子打住話頭，將剩下的麥茶一飲而盡。「媽過世之後，你不是常常坐在緣廊，望著院子發呆嗎？所以我很擔心呀。」

說完，她露出苦笑。

幹嘛苦笑？我真不懂。

「檢測表上的話，好像不是我的真心話。寫下那些文字時，我以為自己是真心這麼想，不過……」

她欲言又止。

「不過什麼？想說什麼儘管說。」

「十萬里老師一針見血地說了我一頓。簡單說來，我光是兼顧工作與家事就很辛苦了，春翔又拒絕上學，使我感到壓力很大，加上善彥帶的班遇到班級失控這檔事……他光是自己的事情就夠忙了，回家也是心不在焉的，所以我不敢找善彥聊春翔的事，心想非自己解決不可。這麼多大大小小的事情，終於讓我的心無法負荷了。」

不僅如此，我還成了她的負擔……原來是這樣啊。

而且若是我生病也就算了，偏偏我四肢健全、活蹦亂跳的……

「風味子，那個大嬸所說的，該不會是……」

「對，就是爸爸你。每次看到你失魂落魄、無精打采的樣子，我就很擔心。不，我覺得『擔心』是我的義務。直到十萬里老師提醒，我才發覺：其實我不是擔心，而是覺得爸爸很煩。可是，爸爸因為媽媽過世深受打擊，於是我告訴自己，身為獨生女，必須出面盡點孝心才行。」

「……這樣啊。」

「十萬里老師說，『妳應該多對周遭的人撒嬌，也要對令尊多撒嬌』。她說，大聲求救的人不只春翔、善彥跟爸爸，連我自己也是。『風味子小姐，請您減少自己的負擔。為此，您必須逼令尊獨立才行』。」

「原來如此啊。」

我從冰箱取出麥茶，在她的玻璃杯裡注滿。

風味子用食指劃過玻璃杯上的水滴，深深嘆了口氣。

「抱歉喔，爸。」

「幹嘛道歉？」

「我真是不孝啊。」

「才沒這回事呢。我是妳爸爸，害妳吃這麼多苦，我才要向妳道歉呢。不用再擔心我了。」

「嗯，好。」

風味子露齒一笑，但就我看來，那張笑容卻帶著一絲寂寞。

「叫我上超市買菜、叫印染鋪的老闆娘跟惠美教我做家事，全都是那大嬸的主意嗎？」

「是呀。不僅如此，十萬里老師也做好本分，將整理師的工作做得一絲不苟。她不是幫你改造家裡，讓你住起來舒適多了嗎？聽說媽媽的遺物也整理好了。十萬里老師一定傳授了你不少整理祕訣吧？」

「嗯，確實住起來舒適多了。家裡維持著妳媽生前的樣子，她的東西實在太多，導致我老是找不到需要的東西。不僅如此，因為常常看到她的東西，令我無時無刻不想她，老實說真的很痛苦。早知妳媽這麼早走，當年她想去沖繩玩，我就應該帶她去才對；銀婚紀念日的時候，我也應該買戒指才對——腦中老是浮現這些事情。如果只是這樣也就算了，偏偏年輕時的回憶也一一浮上心頭。明明沒錢卻愛喝酒，害妳媽受委屈；怨恨自己人生無趣，一點小事就發飆；要是那時那樣做該多好、這樣做該多好……腦子裡滿滿都是後悔，當時我似乎情緒有點不穩定。」

「爸，我都不知道，原來你為了這些事情受苦。」

「我遵照大嬸的吩咐，將妳媽的東西果斷丟棄，或是放進紙箱、收進儲藏室，多虧如此，她的東西不再占滿我的生活了。雖然我並沒有因此不再想起往事，或是不再後悔，但我的確輕鬆了一點，這是事實。況且，春翔來這兒住，也對分散注意力大有幫助。」

即使如此，我還是不大樂意將美津子的遺物從我眼前移開。我覺得很愧疚，好像故意阻止自己想起她似的。此時，大嬸似乎看穿我的心思，說道：

——總有一天，您會平靜地想起尊夫人的。總有一天，您會想起在海海人生、潮起潮落之中，兩人互相扶持共度的每一天。

大嬸比我年輕一輪，才五十幾歲吧。被年輕大嬸這麼說實在很不爽，但我決定相信她。唯有如此，我才能從情緒不穩中解脫。

「十萬里老師對我嚴詞告誡，這陣子禁止進出這個家。她說這不只是為了跟春翔拉開距離，若是我來了，男人們就會將家事推給我。」

「讓春翔住在這裡，也是大嬸指使的吧？」

「什麼『指使』嘛，真沒禮貌。要說『指導』。」

「都一樣啦。原來那個圓滾滾的大嬸，在背後偷偷控制我啊！開什麼玩笑。」

「你在胡說什麼呀。十萬里老師的指導很有效呀。爸你看，現在你不僅會做家事，聽說也很認真工作呢。」

「因為春翔說要繼承木魚堂啊，我怎麼能不教他呢。」

「當木魚師傅啊……我覺得他只是逃避現實耶。」

「說這什麼話，那小子很有天分呢，而且手也很巧。」

「喔——」

風味子一副悶悶不樂的樣子。

「風味子，別著急，人生還很長呢。」

「……嗯，我知道啦。」

「當木魚師傅也不錯啊。生活無法太奢侈就是了。」

「春翔會變成這樣，都是我的錯。我想，他應該是燃燒殆盡症候群[8]吧。我一整年都逼他讀書、讀書、讀書，好不容易考上理想的高中，這回為了考上好大學，我又逼他去上補習班，任誰都會受不了的。為什麼以前一直看不清呢？我這人真是……」

風味子直直注視著自己的手。

「學校有人霸凌他嗎？」

「根據我的調查，好像是沒有。儘管學校都是資優生，不僅校風開明，運動會跟園遊會也辦得很熱鬧，而且師生感情融洽，校內氣氛很好。」

此時，春翔走進廚房。

「春翔，我買了你愛吃的冰淇淋喔。」

「讚啦！」

春翔趕緊從冰箱取出冰淇淋，坐在我旁邊。

「從第二學期開始，我會去上學的。」

「咦？」

風味子訝異地望著春翔。

「前陣子，有個德國人來找外公。」

「喂，春翔，德國人來找我，跟你去上學有什麼關聯？」

「嗯，當然大有關聯囉。」

說完，春翔開始跟凍得硬邦邦的冰淇淋搏鬥。塑膠湯匙快被他弄斷了。

「我想讓世界上更多人了解日本文化，所以覺得去上學比較好。」

「去學外語嗎？」

「這也是其中之一，不過我認為不應該仰賴直覺來鑑定木魚的音色，而是要藉助科學分析的幫助。修米特先生不是問了很多問題嗎？關於禪學啦、佛教啦，結果我一個問題都答不出來。他太太也問了我茶道跟插花的問題，我還是完全答不出來，還有三味線、日本箏、能劇、狂言……說來慚愧，我對日本簡直一無所知，連我自己都感到傻眼。不僅如此，修米特先生還比我了解日本歷史呢。那真是太慘了，簡直輸得徹底嘛。」

春翔終於用湯匙挖起冰淇淋送入口中，微笑道：「這真的好好吃！」

「況且，不出門身體就會生鏽，去上學就能上體育課。嗯！除此之外，我發覺去學校還有很多好處。」

「這樣啊，我真為你高興。」

「嗯，可是……到了九月一日早上……說不定我還是不敢上學。」

瞧他現在一臉緊張的樣子。

「大不了，當天你就親自走來這裡就好啦。」我說。

「是喔？這樣啊。也對，比待在家裡好多了。可是，我還是想盡量去學校。」

「不必那麼緊張啦。」

「嗯，可是我一想起修米特先生，就覺得好像有動力了。」

春翔用湯匙從底部挖起冰淇淋。

冰淇淋終於開始逐漸融化。

真希望青春期那顆纖細的心，也能跟冰淇淋一樣變得柔軟。

「看來我要加把勁，做好吃的便當給你了。」風味子開心地說道。

「不必啦。媽，妳那麼忙。從第二學期起，我要自己做便當。」

「春翔，你會做便當？」

「放心啦。外公教會我一件事：就算外觀看起來莫名其妙，吃起來也是很好吃的。」

「你真可靠。」

風味子眼泛淚光。

看著看著，我也開始想哭了。

想不到那個整理師大嬸，人並不壞嘛。

當然，我可還沒完全信任她喔。

⑥ 日本的新年度從四月開始，由於就職、開學加上剛放完黃金週假期，很多人會適應不良，出現焦慮不安、提不起勁的症狀。

⑦ 鯱是一種傳說中的動物，龍頭魚身，古人相信牠能保護建築物不受火災侵襲。

⑧ 意指生理跟心理都極度疲勞，就像燃燒殆盡一樣。

案例三

富商之家

睦美也真是的，怎麼擅自約了什麼整理師呢？

也沒事先找我商量，到底在想什麼？

那個叫做大庭十萬里的人，我怎麼看都不順眼。

她常常上電視，我真不懂，她憑什麼那麼受歡迎？老是擺一張撲克臉，長得又不美，說介紹整理方式，也沒介紹什麼新招呀。

七十八歲的三枝泳子在客廳啜飲摻了抹茶的玄米茶，一邊漫不經心地看著電視上的資訊節目。

此時，門鈴響了。

「妳好，我是來收町內會會費的。」

是對面柴田家的太太。

「來了來了。」

我將事先放在小托盤的會費拿到門口（錢的數目剛剛好，這樣就不必找零了）。

「太太，我聽說囉。聽說大庭十萬里要來呀。」

「是呀。心情好差喔，可是睦美說她已經預約了。」

「心情差？為什麼？左鄰右舍的太太們呀，大家都說睦美很孝順呢。」

「哪裡孝順了？」

「因為大庭十萬里可是從東京遠道而來耶。來回的新幹線車票跟住宿費應該很貴吧？睦美不是幫妳出了所有費用嗎？」

「……我沒注意耶，之前沒想那麼多。」

「可是太太，府上不是一直都很乾淨整潔嗎？到底要整理什麼？」

「就是說呀。到底有什麼好整理的嘛。」

「不瞞妳說，我家女兒也是每次一回來就囉哩囉嗦，叫我丟這個、丟那個的。」

柴田太太跟長子夫妻同住，有三個孫子，三代同堂好不熱鬧。不僅如此，她女兒的婆家離這裡只有二十分鐘車程，所以常常回來探望她。雖然她先生幾年前過世，但柴田太太有一大家子陪伴。反觀我，總是孤零零的，我真羨慕柴田太太，羨慕得不得了。

——媽，要是妳哪天走了，東西多難整理呀。不要的東西趕快趁妳還有力氣時丟一丟，省得我麻煩。

睦美好久沒打電話回來，結果劈頭就凶巴巴地說這些，說完就掛電話。

「一定是我的教育方式有問題啦。當年是高度成長期，日本進入消費社會[9]，所以我沒有教孩子必須愛惜物品。」我邊說邊嘆氣。

「哪戶人家不是這樣？」

「是嗎？柴田太太，妳家也是這樣？」

「那還用說。畢竟這是所有日本人第一次遇到消費社會嘛。那年頭啊，大家都得意忘形了。」

「原來如此。聽妳這麼一說，還真的是耶。不是只有我們家啊。」

「對了，上星期，」柴田太太突然壓低聲音。「聽說小學的上一任校長，那個八十歲的老先生過世了。」

「啊，我知道。我是在鎮上的鎮刊看到的。」

前任校長的妻子幾年前過世，之後他便一個人住。

「是孤獨死啦。感覺怪可憐的，獨居真的太慘了。」

我不知道該回什麼。

「啊，抱歉。我當然不是指太太妳啦，因為你們家的英樹，退休後應該會回來吧？」

我想，英樹十之八九不會回來。我沒有問他，是睦美告訴我的。

——老哥不會回去啦。那還用說？大嫂是土生土長的東京人，哪可能會想住在這種鄉下地方？而且他們也在東京買了房子。

英樹夫妻跟睦美夫妻都五十幾歲了，因此再不到十年就退休。我本來還期待他們退休後，至少會有一對夫妻回來住，看來是沒希望了。他們最近都買了新房子就是證據。明明老家這麼大，大家卻對故鄉沒半點留戀，難道都市生活真的那麼快樂嗎？

不僅如此，英樹跟睦美也都忙於工作，這幾年連中元節跟過年都不回來了。所以，我跟他們很久沒見面了。再怎麼忙，中元節跟過年也應該會放假才對呀……

在這鄉下地方，很多家庭都是三代同堂，從來沒去過都市。就算沒有住在一起，兒孫也會住在附近。很少家庭像我們家一樣，兒女都住在遠方，而且很少回來。

然而，隔壁的間宮太太卻跟我差不多。她先生同樣已過世，兩個優秀的兒子也住在都市，這點也跟我相同。間宮太太氣質優雅又聰明，約莫比我大十歲，因此我總是拿她當榜樣。原本以為她某個兒子退休後會回來同住，想不到一年多前，間宮太太居然住進了老人安養大樓。真是嚇壞我了。明明有兩個那麼傑出的兒子，真是太可憐了。老實說，我一點也不想變成那樣。在人生的最後階段被小孩拋棄，真是太慘了。

「聽說呀，前任校長有個獨子住在東京，以後不打算回家鄉住。前陣子他叫了遺物整理業者來處理所有家具跟雜物，光是丟掉那些就花了一百五十萬耶。」

「這麼貴？」

我們家以後會不會也這樣？

「現在想想，我女兒說的對，應該趁現在慢慢回收廢棄物，並在回收日把大型垃圾搬出來，這樣比較便宜。所以我上星期一鼓作氣整理了五斗櫃，把不要的東西丟掉了。」

是我的錯覺嗎？柴田太太好像挺得意的。

「丟了些什麼？」

「被蟲蛀掉的毛衣。」

「幾件？」

「一件。」

「一件啊……」

「因為其他衣服沒有被蟲蛀掉啊。不好看、好幾年都沒穿的衣服是很多啦，但衣服沒壞幹嘛丟？」

我鬆了口氣。我的想法跟柴田太太一樣。

「我就說嘛。前陣子我讀了大庭十萬里寫的《你整理，我幫忙》，可是一點共鳴也沒有。我家哪有什麼東西需要丟？當然，如果翻遍整個屋子，是有可能跟柴田太太府上一樣，找出一件被蟲蛀掉的毛衣啦。」

「電視上那些『垃圾屋』，真的好噁心喔。那是都市那些莫名其妙的年輕人住的房子啦。」

「對嘛對嘛。那種垃圾多到淹沒地板的房子，退一百步來說，我能理解為什麼想找十萬里幫忙，但我們家完全不一樣。自己說有點老王賣瓜啦，但我覺得自己算是愛乾淨了。」

「就是嘛，太太很愛乾淨呀，家裡總是打理得乾淨整潔。不過……」柴田太太打住話頭，瞪著天花板。「換個角度想，其實也是個好機會吧？」

「怎麼說？」

「如果專家來了之後說『太太，府上整理得很乾淨，沒有什麼東西需要丟』，妳家睦美會怎麼想？」

「我懂了。」

「這可是個給女兒下馬威的好機會呢！太太，如果成功的話，我就把妳的例子告訴我女兒，到時她就會乖乖認錯，知道自己不應該那麼想。」

「這樣啊，也對喔。大庭十萬里再過一星期才會來，我一定要打掃得一塵不染。」

「太太，有志氣！那個十萬里老師，一定會夾著尾巴逃走的。」

和柴田太太聊天，就是令人心情暢快。或許幼稚園退休教師就是比較堅強吧，平時我跟她總是意氣相投。

之後的一星期，我從早到晚努力打掃。

不過，其實平常家裡就維持得很乾淨，而且家庭主婦當了大半輩子，打掃根本難不倒我。

「打擾了。」

對講機響起沉穩的聲音。

出來一看，是一名隨處可見的普通大嬸。她長得跟電視上一模一樣，我反倒大吃一驚。本來以為她本人應該是個美女，應該比想像中更苗條，結果完全不是。

「您好，我是大庭十萬里。」

戰鬥終於要開始了。

話說回來，她怎麼會穿得這麼隨興，只穿羽絨外套跟牛仔褲就來了？

哪像我，整整一星期都煩惱著要穿什麼。我有很多高級套裝跟洋裝，但接受整理指導還穿得那麼誇張，也太奇怪了。因此，我準備了新的象牙色毛衣跟灰色長褲，看起來像一般便裝，但那是蠶絲做的，所以其實很高級。至於圍裙，以前我就很想要德國FEILER的產品，剛好有這機會，心一橫就買下去了。花了我三萬圓呢。

結果，十萬里竟然穿得那麼隨興。

「這個地方好找嗎？」

「是的。從轉角的郵局拐個彎，馬上就看到了。這座豪宅很氣派，所以很醒目。」

「沒有啦，真的沒什麼。」

表面上裝得很謙虛，其實我對這間大宅邸可是自豪得很。這棟兩層樓高純日式建築位於三角窗，外型氣派宏偉，就算被指定為縣市文化資產也不奇怪。黑色圍牆是燒杉板，上頭鑲嵌著銅製家徽。說起石階，也是氣派得媲美寺廟等級，而且得登上五階才能抵達大門，甚是莊嚴。

「今天，是令嬡睦美小姐委託我來的。」

「我聽女兒說了。不過，該怎麼說呢，我家其實沒什麼好整理的……」

「哎呀，是挑高型玄關呢。」

我話還沒說完，十萬里便驚嘆地從上到下打量玄關一遍。

「這土間[10]一路延伸到後面嗎？」

「是的。」

「土間的黑土，想必經過好幾世代人的踩踏，才能變得如此扎實吧。」

「好像是祖父母那一代蓋的，當年似乎靠蠶絲生意賺了不少錢。」

我邊說邊在玄關臺階擺放拖鞋。這是純白色拖鞋，上頭沒有印、染或繡上圖案，而是利用編織手法創造浮雕般的優雅紋路。這顏色很怕髒，卻一點汙漬也沒有；這下子，十萬里就知道我不是電視節目〈探訪垃圾屋系列〉那種懶散的家庭主婦了。當然，這雙拖鞋也是我為了今天特地買的。

大大的脫鞋石，大小只能容納一雙健走鞋跟拖鞋，美觀大方。玄關臺階後方的橡樹實木走廊光澤照人，一塵不染。無論從哪個角度看，都無懈可擊。

「這麼大的豪宅，只有太太一個人住嗎？」

「是的。因為我先生過世了，兒子跟女兒也分別在東京、橫濱有了家庭。」

「想必很寂寞吧？」

「一點也不。畢竟我在這一帶有很多朋友，而且也常常出門上書法課或插花課。」

「喔？這樣呀。」

十萬里邊說邊偷偷瞟了我一眼。眼神好像滿懷質疑，是我的錯覺嗎？

「那我就打擾了。」

十萬里脫下鞋子。

「從東京過來，車費應該很貴吧？今天是當天來回嗎？」

我試著套話。到底睦美付了她多少錢？該不會就像對面柴田太太說的，車馬費跟住宿費另計吧？我不在意日後補錢給睦美，但也太蠢了。說到底，根本沒必要找什麼整理師嘛。

「今天我在車站前訂了旅館。新幹線車票也很貴，不瞞您說，其實我還倒貼呢。」真想不到。

「儘管如此，我還是在眾多委託中選了這一戶，是因為我想見識看看占地千坪、房子三百坪的宅邸。住在東京，實在很少有機會能看到大宅邸的生活。」

「這樣呀。」

這個人說不定是老實人。

至今，我一直以為大庭十萬里是個靠一張嘴行騙江湖的可疑大嬸——或許，她跟我想像中略有不同。

無論如何，至少不必讓睦美白花錢，真是太好了。

「能不能讓我大致看一下家裡的樣子呢？平常我看得很仔細，但房子這麼大，看完都天黑了。」

虧我連角落都打掃得一乾二淨，沒能讓她看到真可惜；不過要是她待太久，我就有得受了。

「那就從二樓開始吧，請。」我在前面帶路。「通往二樓的樓梯有三座，但目前我只用這座樓梯。話說回來，其實我最近幾乎都不上二樓了。」

二樓有四個房間。每間都是四坪大的書院造[11]，其中一坪是壁龕。平常無人使用，所以積了一點灰塵，我趁著十萬里來之前打掃了一番。榻榻米上沒有東西，因此稍微用吸塵器吸一下就好，接著再用抹布擦拭壁龕跟拉門門框，就大功告成了。

從二樓窗戶望過去，寬廣的日式庭院一覽無遺。院子裡有座葫蘆形狀的池塘，園藝師也定期修剪樹枝。

「每個房間都好乾淨。在四個房間之中，只有最後一間房間有一個和式五斗櫃跟一個衣櫃，沒有其他大型家具，看起來真的很清爽呢。」十萬里喃喃自語。

她特地遠道而來，八成想看看這個家有多髒，不料卻很乾淨，期待落空。

「二樓沒有問題。那麼……能不能看看一樓呢？」

「好的，請。」

我走下一樓，帶她到我常待的三坪客廳。

正中央有個被爐桌，小型收納櫃、電話櫃跟電視沿著牆邊，緊緊排在一起。

「現在我只用這個房間。無論是吃飯、睡覺、跟朋友聊天，都在這裡解決。這個家也舊了，其他房間比較冷，風會從縫隙灌進來，冬天簡直冷得跟外頭沒兩樣呢。」

十萬里掃視房間一圈。

她對哪裡不滿意？沒錯，這裡確實比二樓凌亂，但生活需要很多東西啊。

「這裡也整理得很好呢。」

聽了她的話，我總算放心了。

一樓除了這間客廳，還有兩間書院造的寬廣和室、一間西式房間。西式房間有個大書櫃，上頭塞滿老字典跟書，至於多達二十本的百科全書，連書盒都褪色成咖啡色了。直立式鋼琴旁邊有臺老舊的大音響；櫃子上那堆排列整齊的黑膠唱片，是孩子們在國高中時期用零用錢買來的；至於旁邊那些邊角對齊的VHS錄影帶，則是我丈夫生前錄下的電視紀錄片。

回頭想想，跟孩子們共度的時光實在短得驚人，只有高中畢業前的短短十八年。之後，兩人都搬家出去念大學，然後直接在都市找工作、建立家庭。我今年七十八歲，英樹五十五歲，睦美五十二歲，而我能跟他們共度的居然只有十八年……平均壽命延長了，人生也變長了，可是親子共度的時間卻那麼短，讓人不禁感嘆人生寂寞。反觀對面的柴田太太，可就幸福多了。在她的人生中，也只有兒子高中畢業後考上都市的專科學校那兩年，才需要跟兒子分隔兩地。

「雖然多少有些廢棄物，但是整理得非常好。」十萬里有氣無力地說道。這下，她的整理知識可是無用武之地了。

「那麼，接下來就帶您去看看衛浴囉。」

家裡雖然老舊，但是浴室跟廁所重新裝潢還不到五年。或許是因為浴室有扇大窗戶，通風很好，因此也沒有發霉。

「好乾淨……」

十萬里的自言自語，聽了真是大快人心。

「接著來看看廚房吧，請跟我來。」

我一路走到走廊盡頭。

「好大的廚房啊。」

「這裡有六坪。」

餐桌上有筷筒、花瓶、擦拭布、調味料等瓶瓶罐罐。我知道這些東西全部收在櫃子裡比較時尚，但放在看得見的地方比較好拿，而且也沒什麼貴賓會來，所以就這麼擱著了。

除此之外，一切都俐落大方。因為有很多收納櫃。牆邊有兩個大型餐具櫃，系統廚具長達五公尺，壁櫃也是同樣長度。不僅如此，天花板附近還有一組環繞三面牆的訂製櫃，地板也有兩個大型收納庫。

我家可不像電視上那些懶惰的家庭，地上沒有一堆雜物，也沒有堆積如山的一包包垃圾。連我自己都覺得：這個家真是寬廣又清爽啊。

「這裡……也很清爽呢。」

看到十萬里一臉困惑，我不禁得意起來。我果然是對的。想法有問題的人是睦美，任誰看了這個家，都知道根本不必找什麼整理師。

「令嬡說府上有很多廢棄物……」

「睦美每次一回家，就會到處打開櫥櫃跟五斗櫃，叫我丟這個、丟那個的，囉嗦死了。」

「令嬡常常回老家嗎？」

「不……她最近很忙，所以不常回來。」

「啊，這樣呀。」

咦！剛剛那是什麼意思？

十萬里或許發覺我眼神不對，因此將到口的「可是，令嬡說……」吞了回去。

搞什麼呀？真令人在意。

難道她知道睦美平常在忙什麼？或許睦美擅自藉由電話或電子郵件委託整理時，跟十萬里聊了些私事。

睦美在帝國飲料公司上班，每天都很忙碌，但小孩也分別上了大學跟高中，因此應該不大需要照顧才對。她到底在忙什麼？至少一年也該回來一次吧。

啊，這麼說來……

「睦美說她身為一個女人卻當上部長，所以很忙。」

「咦？」

十萬里睜大眼睛望著我。

「她當上部長，想必讓您大吃一驚吧？也不知道到底像誰，睦美從小就很聰明，從城南大學畢業後，就到帝國飲料公司上班了。」

「帝國飲料公司？可是我記得……」

她又開始支支吾吾，而且別開視線。

什麼跟什麼呀。

「那麼，哪些是令嫒希望您丟掉的東西呢？能不能舉個例？」

十萬里言歸正傳。

她是不是故意扯開話題？感覺真不舒服。

難道只是我多心嗎？

「睦美要我丟掉的東西，這個嘛，像是……」

我脫下拖鞋，站上餐桌椅，打開其中一個壁櫃。裡面有兩個電子鍋。

「咦？兩個都是電子鍋耶，」十萬里抬頭說，「可是置物推車上也有電子鍋呢。也就是說，總共有三個電子鍋？」

「是的。畢竟電器常常推出新產品嘛，什麼遠紅外線啦、碳火啦之類的，一旦有新產品我就想買，可是舊的也沒壞，我就捨不得丟。」

「可是，您以後也不會用舊的，不是嗎？丟掉比較好啦。」

「我女兒也這麼說。可是，總得未雨綢繆嘛。」

「您的意思是？」

「我們家是本家，我先生是八兄弟當中的長子，以前每到中元節、過年，一大堆親戚就會跑來我們家。不久公公過世，婆婆也走了，我先生的弟弟們也就越來越少來。」

「那是什麼時候的事？」

「算來算去，公公過世也三十年了，婆婆是在公公過世隔年走的。」

十萬里抿緊嘴唇瞟了我一眼，然後嘆了口氣。

感覺真討厭。

「那麼，為一大家子準備飯菜，已經是很久以前的事了吧。」

「不不，不久孩子們也結婚生小孩，全家人連同孫子一起回來，當時也真是忙翻我了呢。」

我回想起當時的景象。孫子們在走廊奔跑，好不熱鬧。

「您的孫子們，現在也會回來玩嗎？」

「升上國中後，就再也不回來了。」

「今年幾歲呢？」

「長子生的孫子有兩個，都是女生，已經大學畢業出社會了。女兒生的是兩個男生，分別是大學生跟高中生。大家都很忙，所以很久沒見面了。」

「那，電子鍋應該一臺就夠了吧？」

「那可不行。現在使用的電子鍋總有一天會壞掉，說不定那時我會因為某些原因變窮，導致沒錢買新的呀。」

「變窮？比如什麼原因？」

「這……我說不上來，但現代活到一百歲的人比比皆是，我還得活二十年才到一百歲呢。每年生活費至少要三百萬……二十年就是六千萬。假如加上醫療費跟房屋維修費，還得花上更多。」

「冒昧請教一下，您現在的收入是多少？」

「我先生的遺屬年金每個月是二十四萬，兩棟房子的房租是一個月十萬。」

「收入這麼多，應該不需要擔心任何事吧？」

「是嗎……」

「您的積蓄，應該也很可觀吧？」

「還不錯啦……可是也常常有人要求我捐錢。」

「捐錢？」

「去年捐了十萬給神社維修工程、捐五十萬給町內會蓋會館、捐一百五十萬給寺廟改建正殿。」

「這是每一戶必須捐出的金額？」

「是呀。鄉下人都很愛面子，所以不得不出。」

「住在鄉下也很辛苦呢。」

她終於明白了。

「可是，從太太的經濟情況看來，這應該不是什麼大不了的數字。」

「是嗎……」

話不投機半句多，感覺真討厭。

十萬里盤起胳膊盯著天花板，喃喃自語著：「原來如此，原來是這樣啊。」而且還頻頻點頭，好像悟出了什麼大道理似的。

什麼「原來如此」，什麼「原來是這樣」呀？

這人果然有點怪怪的。

「櫃子裡除了電子鍋，還有什麼東西嗎？不好意思，能不能讓我看看那邊全部的櫃子？」

「好的，沒問題，請盡量看。」

在十萬里的節目裡，一旦打開櫃子，案主就會露出難堪的表情，但我才不怕呢。無論是櫃子內部或是五斗櫃的抽屜，我早就整理乾淨了。說不定還比十萬里家整潔呢。她看了也只會稱讚我是模範主婦，摸摸鼻子走人。這樣也要收錢嗎？雖然睦美會付錢，但不管是誰出錢，都是浪費錢。

十萬里逕自站上餐桌椅，打開旁邊的櫃子門。裡面有多層四角盒、便當盒、水壺跟一些塑膠容器。

「連後面都塞滿滿呢。」

拜託不要說「塞滿滿」好不好？

「我把它們疊得好好的。」

「每個多層四角盒都是塑膠製的呢。」

「這是我在百貨公司買年菜所附的容器，不小心越積越多。不過最近我不訂年菜了，反正小孩、孫子跟親戚都不來了。」

「那麼，是由太太去孩子們那邊過年囉？」

「不不不，我在家裡一個人過年。」

十萬里的眼神真討厭。好似在說「這人真可憐」。

「旁邊那個印著花朵圖案的是放日式甜點的容器。疊在上面的是超商便當的容器，因為太可愛，我心想說不定用得到，所以就留著了。」

「可是，每個都褪色了，而且表面還黏黏的，簡直跟排風扇的油汙一樣。炸食物的時候，蒸發的油會從櫃子門的縫隙鑽進去，然後逐漸累積。」

她在胡說些什麼？使用前當然會洗乾淨呀。

不過，去除陳年油汙確實很費力就是了。

「水壺也好多喔。」

「是的。孩子們還小時，我們會帶著水壺，全家一起去海邊玩。我心想跟孫子們去郊遊時也用得到，所以就把水壺留下來了。」

「跟孫子們去？可是，他們都長大了吧。」十萬里說完，又瞟了我一眼。「這些水壺，其實已經很久沒用了吧？」

「是的，沒有錯。因為以前的不鏽鋼水壺很重呀，而且最近市面上也有很多雙層的時尚便當盒，所以我想乾脆就用這邊的吧。」

我咔啦咔啦地拉開餐具櫃下層拉門。裡面有三個色彩繽紛的便當盒，也有櫻花色、金屬藍色（Metal Blue）的時髦造型水壺。

「這些都是新的呀，上面還貼著標籤呢。」

「是的，沒有錯。我心想用來當禮物送給孫子也不錯，於是多買了幾個。畢竟我年紀也大了，就算不能跟孫子們去海邊玩，或許有天會跟孫子們去賞花呀。」

「那麼，這櫃子裡的東西最好丟掉喔。都變色了。我想，您今後應該也用不到吧？」

「那可不一定喔。誰知道將來會發生什麼事呢？」

「您的意思是？」

「十萬里老師，前陣子發生大地震的時候，您應該在電視上看過海嘯沖走一切的畫面吧？一旦看過那種畫面，絕對沒有人敢亂丟東西。」

「不管怎麼想，海嘯都不會來這裡的。這城鎮可是離海邊一百公里以上呢。」

「十萬里老師，到頭來，您也跟我女兒說出一樣的話，真教我有點失望。」

我不自覺挖苦了一下，但她不為所動，直直注視著我。

「十萬里老師，我說呀，海嘯當然只是比喻啊。」說不定她以為我真的認為鎮上會有海嘯。想到這兒，我趕緊解釋。「我的意思是，天有不測風雲嘛。」

十萬里依然沒有答腔，反倒刻意深深嘆口氣，打開旁邊的櫃子門。

咦？這人是怎樣。個性也太惡劣了吧。

「裡面塞滿了茶托呢。」

哪有塞滿？我只是把它們排好而已。

「一組十個，總共有十組以上呢。有輪島塗金蒔繪、朱紅色塗漆、鎌倉雕、模擬梅花外型的、活用櫸樹木紋的、銅製的……」十萬里在此停頓，吐出一口氣。「銅製的已經長出青綠色的鏽了。」

我趕緊搶在十萬里指責前開口：「銅製的茶托是老祖宗傳承下來的，所以實在捨不得丟。不過，用不到還得保養也很麻煩，因此以後我想留給媳婦。本來想給女兒的，但她說不要。」

十萬里仍然沒應聲，默默打開旁邊的櫃子門。

「壽司桶大中小各一個，圓形托盤有五個，長方形托盤大中小各兩個，連八角形的也有。」

「壽司桶是用來做散壽司的。」

「您一個人也做散壽司？」

「不不不，只有客人來時才做。」

「哪些客人呢？」

「我小姑住在附近，最近她常常來。」

我腦中浮現小姑那張圓臉。她跟兒孫住在一起，因此總是一副無憂無慮的樣子。

我簡直羨慕得不得了。

「所以，小姑來作客時，您會做壽司款待囉？」

「呃……仔細想想，這幾年好像都沒有耶。小姑來作客時，我也不會特地做菜款待她，頂多就是叫壽司外賣、買已經配好的熟食，像個現代人一樣簡單解決而已。那些托盤都是附贈的，這種人造樹脂的便宜貨既笨重又難用，所以平常我都是用這邊的托盤。還是木托盤好，輕盈，觸感也好。」

語畢，我指向微波爐上面那疊托盤。

「既然如此，要不要把櫃子裡的東西全部丟掉？」

「咦！全部？可是……這些都還能用耶。」

十萬里默默關上櫃子門，打開隔壁的櫃子。

她沒聽見嗎？

還是裝作沒聽見？如果是裝的，那就太可惡了。

十萬里打開的櫃子，裡面有鍋子跟平底鍋，新的舊的都有。

「那個大鍋子是在電視購物臺買的，大中小三個兩萬圓。說什麼總共有三層，無論煮飯、滷菜、奶油燉菜都難不倒它，還在電視上表演給觀眾看呢。明明是鍋子，卻能跟平底鍋一樣煎好煎餃，彷彿只要有了這鍋子，就能當專業廚師了！電視上的表演效果實在太好，我被唬得一愣一愣，結果實際收到後卻很重又難用，真傷腦筋。」

「不能退貨嗎？」

「哪有人在購物臺買東西還退貨呀？那也太麻煩了，一般人都是自認倒楣吧。況且，就算鍋子重了點，年輕人用起來應該也不成問題，所以我本來想送給女兒或媳婦，誰知道她們倆都說不要，我真是傻眼得不知該說什麼。人家特地送禮還說不要，也未免太沒禮貌了吧。」

「您平常用的鍋子跟平底鍋在哪裡呢？」

十萬里難道不知道，聊天的基本在於應答嗎？真是話不投機半句多。

「我平常用的鍋子放在這裡。」

我打開瓦斯爐下面的櫃子。

十萬里走下椅子，湊到我身旁。平底鍋大中小各一個，煎蛋捲鍋跟鍋子大中小各兩個，還有大型土鍋。

「話說回來，廚房大成這樣，會導致收納空間過多……」

十萬里邊說邊重新環視廚房一圈。

「就是說呀。系統廚具有五公尺長，所以也有很多櫃子跟抽屜。有這麼多收納空間，真的好方便喔。」

「方便……太太，介意我打開這裡嗎？」

十萬里指向系統廚具的抽屜。

「哎呀，那裡面放了什麼來著？東西太多，我實在記不得。不過，既然都打掃得這麼仔細了，她想看什麼地方就隨她去吧，我才不怕。」

「請、請，不用客氣，想看哪裡就看哪裡。」

「這個好重喔。」

十萬里用力拉開一看，裡頭塞滿了電池。

「對啦，那裡放的是乾電池。我忘記它們還有沒有電了，年紀大了就是不中用呀。」

「太太，您知道有一種工具能測量電池的電量嗎？去百圓商店就能買到。」

「我知道。不瞞您說，我以前買過，只是不知道放哪兒去了……而且，買是買了，但一個一個量也很累人呀。我想過要找時間量個徹底，但又怕麻煩，所以到頭來又買了新電池。」

「原來如此……這樣呀。那麼，那個很高的家具是什麼呢？」

十萬里所指的家具，門也是木製的，因此看不到內部。

「那是我的食品庫。請儘管打開吧。」

十萬里打開門。

「大小保鮮膜各七捲，還有鋁箔紙，一、二、三……共八捲。」

幹嘛特地數給我聽呀？好像在責怪我似的。

「還有……沙拉油五罐、麻油兩罐、花瓶五個、一升裝日本酒三瓶、味醂兩罐、乾香菇三包、高野豆腐五盒、上白糖三包、三溫糖兩包、紅糖一包、鹽兩包、鬆餅粉三盒、豆瓣醬兩瓶、美乃滋跟番茄醬各三瓶、柚子醋五瓶、起司粉四罐、米醋五瓶、醬油三瓶、咖哩粉五盒、高湯昆布三包、乾蘿蔔絲兩包、鹿尾菜三包、瓠瓜乾五包、黑芝麻跟白芝麻各兩包。」

十萬里嘆了口氣。真的很大聲，彷彿故意嘆氣給我看似的。我以為她不數了，想不到又繼續數：「大包柴魚乾四包、大包小魚乾四包、洋菜五包、煎茶跟焙茶跟玄米茶跟摻了抹茶的玄米茶跟麥茶各三包、即溶咖啡罐有二、四、六、八……總共十五罐、大盒紅茶包三盒、普洱茶跟茉莉花茶跟鐵觀音的罐子各四罐、米粉兩包、冬粉三包、永谷園的茶漬海苔三組、配飯香鬆五組、麵線啦寬麵啦蕎麥麵啦讚岐烏龍麵之類的乾麵各兩三包、五入裝泡麵三組、小麥粉跟麵包粉跟太白粉各三包、烤海苔跟味付海苔各兩包、美極高湯粉三包、鮭魚鬆五瓶、沙拉醬跟烤肉醬各三瓶、通心粉跟義大利麵條各三包、藍莓果醬兩瓶、鯖魚罐頭三罐、鳳梨罐頭跟橘子罐頭各三罐、金槍魚罐頭十二罐、歌舞伎揚仙貝跟餅乾跟黑芝麻煎餅跟——」

十萬里此時頓了頓，再嘆一口氣。「呃，還有……一大堆東西。」

「我趁特價的時候買的。這是家庭主婦的本分呀。」

我以為十萬里會說「我懂」或是「我也是」，不料她竟別開視線。

「從府上的狀況，看得出經歷過戰爭這一輩的生活準則。」十萬里語氣一變，好似在朗讀故事書。「未雨綢繆很重要，所以必須將生活必需品買來存放。現在不需要，不代表以後不需要；趁著特價時囤貨，別人給的東西也珍藏起來；物資缺乏時，聰明的家庭主婦就是拯救全家人的關鍵。這也是活過物資缺乏年代的人們，展現出來的智慧。」

什麼嘛，原來她懂嘛。

十萬里才五十幾歲，所以沒經歷過戰爭，但她的父母經歷過，想必成長過程中聽了不少戰時見聞吧。

「可是太太，時代已經不一樣了，您落伍了。」

「是嗎？我覺得不管是哪個時代，未雨綢繆都很重要呀。」

「您說的沒錯，可是每個東西只要留一份就好。從這裡走到超市只要幾分鐘，因此您連一份都不用留，把超市當成您家冰箱就好。」

我忽然想起早上的超市傳單。我用麥克筆大大圈出了特價砂糖跟醬油，本想在十萬里離開後去買，還是不要好了。

「櫃子裡有太多儲藏品，太太，說不定您到死也用不完呢。」

「啥？」

真是烏鴉嘴！怎麼當著長輩的面講這種話？

「我說啊，十萬里老師，我還是想未雨綢繆，不然小孩跟孫子突然回來怎麼辦？

我兒子喜歡吃滷高野豆腐跟乾香菇，所以不希望沒有乾貨，而且……」

「請等一下。令郎上一次回來是什麼時候？」

「呃……好像是三年前的春節吧。」

「三年前啊……」

「我的孫子們喜歡吃焗烤跟鮭魚鬆飯糰，所以這些東西缺不得呀。」

「他們上一次回來是什麼時候？」

「呃，那是我先生的葬禮，所以大概六年了吧。」

「六年前……」

「我媳婦夏葉子喜歡涼拌冬粉，所以我才買冬粉。況且，大家一起烤肉時總需要很多烤肉醬吧？而且有人喜歡辣的，有人喜歡甜一點的。」

「令郎的太太也是六年前起就不回來了嗎？」

「不，夏葉子在三年前的春節跟英樹一起回來過，不過只住一晚就是了。」

說著說著，越來越覺得自己是沒人要的老太婆。

不經意抬頭一看，十萬里正注視著我的側臉。

「附近的鄰居們，也不是每一戶都有子女陪伴吧？」

我嚇了一跳。她簡直看穿了我的心思。

「那還用說。大概是去年吧，隔壁太太被送進老人安養大樓呢。」

無論是對面的柴田太太或左鄰右舍，大家都很同情她。每個人都有兒孫陪伴，八成只有我，擔心下一個進安養院的人是自己吧？因此，我實在找不到對象傾訴。

「您說的隔壁，是那棟有大松樹，上頭掛著『出售』的房子嗎？」

「是的。那是間宮太太的家。自從先生過世後，她就一個人住。她有兩個兒子，兩個都很優秀，大兒子住波士頓，二兒子住東京。他們斬釘截鐵說以後不會回這城鎮住，所以就把間宮太太送進附溫泉的老人安養大樓了。」

「如果子女都在都市或國外闖出名堂，確實會變成這樣。」十萬里理所當然地說道。

我突然覺得，或許稍微放下戒心也沒關係。附近的太太們對間宮太太滿是同情，沒有人說出跟十萬里一樣的話。

「隔壁鄰居家大概有多大？」

「占地大概兩百坪吧？不像我家這麼大，但房間也很多。」

「既然要賣掉了，家裡應該什麼也沒有吧？」

「應該吧。」

「您知道那家老人安養大樓有多大嗎？」

「知道，我看過他們的招攬傳單。好像是四坪大的西式房間，附設迷你廚房。」

「距離這裡遠嗎？」

「不，搭公車大概十五分鐘吧。」

「如果太太您要住在那裡，會帶什麼東西過去呢？」

「那裡有衣櫥，而且只能帶兩樣家具過去，所以……我想想喔，這個嘛，帶嫁妝過去好了，那個鎌倉雕梳妝臺。還有電視、電子鍋、微波爐……不對，三餐要在餐廳解決。好吧，那就帶換洗衣物、毛巾、牙刷……簡直就像去旅行一樣，只能帶一些無關緊要的東西。」

「隔壁那位間宮太太沒能帶過去的東西，是怎麼處理的？」

「好像請業者處理掉了。」

說著說著，我忽然悲從中來。

「十萬里老師，年紀大了真討厭啊。」

「也有很多年長者說，現在是最快樂的時期呢。」

「因為一天二十四小時都是自己的時間啊。不必擔心錢，也不必看丈夫臉色；說快樂當然是很快樂，但總覺得心裡不大踏實。」

「關於隔壁的太太，您怎麼想？會不會覺得她被小孩拋棄，很悽慘、很可憐？」

「有一點。不過，畢竟她兩個兒子都那麼優秀，不可能回這種鄉下地方住的。我覺得這也是沒辦法的事。」

「那麼，令郎跟令嬡呢？」

「小犬跟小女雖然不像隔壁太太的孩子們那麼厲害，不過他們從小學起就很懂事，很令我自豪。說來真諷刺啊，看看左鄰右舍，好像越是優秀的孩子，越是不肯回鄉下。畢竟他們在嚴苛的都市生活中打拚，好不容易才有了自己的事業跟家庭嘛。明知如此還想要他們回來，這不就是老年人的任性嗎？十萬里老師，您想說的是這個吧？」

十萬里沒有肯定，也沒有否定。

「太太，您要不要去間宮太太入住的老人安養大樓參觀一下呢？」

「啥？為什麼？」

「為了您的將來。我覺得趁早看看比較好。」

豈有此理！

她怎麼說得好像我一定會被小孩拋棄似的？區區一個整理師，憑什麼說這種話？

「我才不去參觀呢！跟我又沒關係。」

我不自覺加重語氣。

「……這樣呀。」說完，十萬里沉默半晌。

「接下來，」十萬里抬起頭來，好似甩開了什麼疑惑。「能不能讓我看看冰箱裡的東西呢？」

「好，別客氣。」

「以獨居者而言，這冰箱真大啊。應該是從您的先生還在世時一直用到現在吧？」

「不，這是我先生過世後新買的。冰箱推陳出新的速度很快，更省電的、更好用的比比皆是，所以我就買了。畢竟我有很多常備菜要冰嘛。這還算小的呢。」

十萬里打開冰箱，注視著那一排排密封容器。

準備這麼多常備菜，真是主婦楷模啊——我以為她至少會稱讚一兩句，想不到卻只是默默關上冰箱。

她有什麼感想？她在想什麼？老是擺著一張撲克臉，根本令人猜不透她的想法。

十萬里接著打開冷凍庫。「這些容器裝了些什麼？」

「就拿這個來說吧，這裡面裝的是銀杏。用來做茶碗蒸的。每年秋天我都會撿銀杏，然後放進冷凍庫。這個裝的是蜂斗菜跟紫萁。到了春天，我會跟朋友去山上摘這兩樣菜。事先冷凍起來，就能吃一整年了。」

澀皮栗、果醬、柑橘醬、鹽漬櫻花、水煮竹筍、滷紫蘇子、滷山椒果、水煮豌豆、柚子皮切絲……我陸續說明這一道道常備菜。

「這個鮮紅色的是什麼？」

「我把做酸梅用的紫蘇撈上來了。切一切很好吃喔。」

「這邊的豆子呢？」

「這是滷紅豆。事先滷起來放，要是兒孫們突然想吃紅豆飯，或是突然想吃萩餅，馬上就能拿出來用了。這年頭的年輕女孩，哪有這麼細心呀。」

「令嬡來探望您時，會把這種『媽媽的好味道』打包帶走嗎？」

「這個嘛，她都說不需要。說什麼都結霜了，不好吃，還嗆我：『有必要一整年都吃銀杏跟蜂斗菜嗎！』不屑得很呢。」

「我懂了。」

妳懂什麼懂呀？

難道妳覺得我女兒說的話才是對的？

「令嫒要您丟掉的，就是廚房這些東西吧？」

「不只是廚房。她要我把不用的東西全丟掉。偶爾打電話來，劈頭就問我『壁櫥裡的廢棄物丟了沒』，我說還沒，她就氣呼呼地說『講那麼多次，妳還不丟！』真是莫名其妙。」

「壁櫥？哪間房間的壁櫥？」

「所有的壁櫥。當然，每個地方我都整理得乾淨整齊。」

「能不能讓我看看所有的壁櫥呢？」

「當然沒問題。」

我要讓她看看整理得多整齊，好好炫耀一番。

我倆再度走上二樓。

我走進第一間房間，打開壁櫥給十萬里看。裡面大概有八組寢具。

「隔壁的房間也跟這裡一樣，裡面放的都是棉被。我們是本家，所以需要很多棉被。」

「上一次拿出來用的時候，是您先生的葬禮嗎？」

「不，當時外地來的親戚，都是住在車站前的商務飯店或旅館。畢竟時代不一樣了嘛。留客人在家裡過夜，真的很累人呢。」

也不知道十萬里到底聽見了沒，只見她用力喊了聲「嘿咻」，拉出中間的一條棉被。

「明明很久沒用了，卻沒有發霉，也沒有灰塵耶。」

「那還用說，因為我會定時拿出來曬啊。」

「明明用不到，也要拿出來曬嗎？」

「您想想，要是發霉了多可惜呀。這可是在綢緞莊訂做的上等貨呢。」

「可是，不是已經不需要了嗎？」

「話是沒錯，可是還能用呀。」

「重點不在於能不能用，不用的東西，還是丟掉比較好。」

「啥？真要說的話，我的字典根本沒有『丟棉被』這三個字。我可是活過戰前物資缺乏年代的人呢。況且，也許有一天，我的兒孫們會舉家來這裡玩呀。」

十萬里不發一語，一逕注視著棉被。

一般而言，這時應該附和一下，說「我了解您的心情」、「戰前世代都是這樣的」才對吧？從來沒看過這麼不會做人的女人。真虧她能在日本這種國家活到現在。

「請讓我看看下一個房間。」

十萬里若無其事地撂下此言。

每個房間的格局都差不多，各有一個一坪大的壁櫥。有的壁櫥放的是字畫、木雕擺飾、大壺、七階女兒節人偶、鯉魚旗、男兒節人偶等等，有的壁櫥則只放茶具。

「這些都是具有紀念價值的重要物品呢。」

「紀念嗎……」

十萬里喃喃自語，說完又閉上嘴，走向下個房間。

「這邊的西裝是誰的？」

這間房間的壁櫥上下打通，上面架了鐵管，改造成吊衣桿。

「這是我先生生前穿的西裝。」

「您打算把它們送人嗎？」

「也沒有啦。」

「您先生是什麼時候過世的？」

「算來算去，也六年了。我本來想把他的遺物分送給親戚，可是他是古早人，身高只有一百六十四公分，而且很胖，沒有一個親戚是這種體型。」

「就算真的有人體型類似您先生，這款式也太舊，沒人會穿吧。」

「您大概想叫我丟掉，可是以前的東西真的品質很好耶。這些都是百分百純羊毛呢。」

十萬里從吊衣桿拿下其中一件（連同衣架）。「以前的羊毛果然很重。」

說完，她還亮到我跟前。

「是嗎？」

我從十萬里手上接下衣架。「哎呀真的耶，好重。」

就算很重，還是不能丟。好東西就是好東西。

況且，要是把他的東西全部丟掉，我不就真的變成孤單老人了？好像回憶全部都消失似的，好可怕。光是想像他的遺物在壁櫥裡全部消失，我就心頭一沉。

「光是太太的外套就有十件以上，套裝跟洋裝也多半是舊款式了。咦？這件小小的紅色洋裝是誰的？」

「那是小女國小參加鋼琴發表會的時候，我特地做給她的。」

「令嬡的東西，不如就交給令嬡吧？」

「這個她也說不要。很遺憾，我孫女也長大了，穿不下這件。」

「不妨想成它的功用已經沒了。當作已功成身退，就能丟了吧？」

「那可不行。又沒有被蛀壞，而且還很乾淨啊。」

「壁櫥是回憶的集合體啊……」十萬里注視著紅色洋裝，喃喃說道。「太太，您是不是不大敢丟東西？」

「是啊，有一點。總覺得丟了心裡不踏實……」

十萬里聽了深深頷首，好像領悟了什麼。

她到底想說什麼？擺著一張撲克臉，根本看不出她的心思。

「太太，我們去下一間吧。」

隔壁房間的壁櫥完整地塞下了一個五斗櫃。我拉開一個抽屜，只見絲襪排列得井然有序。

「來數數看吧。一、二、三、四、五……」十萬里出聲數了起來。

「八十九、九十、九十一，總共九十二雙，有五十二雙沒用過。這全都是您的嗎？」

「是啊。看到打折，我就忍不住想買。有時突然要參加葬禮，只好匆匆買一雙新的，結果竟然是原價，這也太蠢了。所以，我平常會擦亮眼睛，趁著特價時買下來，這就是生活智慧呀。」

「可是，這些也不全是新的呀。」

「揉成一團的是洗過的。又沒脫線，怎麼能丟嘛。可是，遇到婚喪喜慶還是想穿新的，畢竟穿上新絲襪，人也比較有精神嘛。所以，我才會忍不住一直買新絲襪。」

「恕我直言，太太，您已經有點穿不下M號了吧？」

「您怎麼知道？」

「不然，裡面怎麼會有M、L、LL呢？」

「十萬里老師，您真敏銳。」

十萬里一聽，忽然笑了。

真詭異。

打從她來到我家，這還是第一次笑呢。

這個人該不會是那種超級喜歡被吹捧的人吧？

喔——我懂了。在十萬里眼中，我不是客人，而是學生。畢竟她是來指導我的嘛。

大概是平常在電視跟雜誌上被當成大師吹捧慣了，所以覺得每個人都應該吹捧她。

「把絲襪處理掉吧。」十萬里語氣堅決地說道。

「可是，丟了多可惜呀。」

「那麼，不妨把它們讓給令嬡吧？雖說是母女，令嬡應該也不想穿媽媽穿過的，但新的就沒問題了。」

「話是沒錯……那我下次問問看好了。」

「現在就打過去吧。若是拖久了，恐怕永遠都整理不完喔。必須按部就班，一件一件處理才行。這時間，令嬡在家嗎？」

她幹嘛用那麼銳利的眼神盯著我？十萬里的腦子裡，到底裝了些什麼？我真搞不懂。

「今天是星期六，應該在家吧。可是……」

我提不起勁。

不知從何時起，睦美總是沒好氣地接電話。講話粗聲粗氣，實在很難聊。一聽到我沒什麼事，就急著掛電話，我都難過得快哭了。這種時候，我更覺得獨居真的很辛苦。

——睦美到底是怎麼了？好像刺蝟一樣。

沒有人能聽我訴苦。掛掉電話後，我一個人待在寂靜的家中，深深覺得只有自己被遺留在世界上。

我從圍裙口袋中掏出手機。十萬里死命盯著我，我只好打了。

「喂？睦美？妳要絲襪嗎？」

若是我先問她過得好不好，她一定會吼我「有事快點說」。所以，我開門見山說重點。

——幹嘛突然問這個？絲襪？我才不要呢。

「為什麼？有很多新的耶。」

——我又不穿裙子。

「妳上班也穿長褲嗎？」

——上班？喔，妳說上班啊……

聲音突然變小了。

——哎唷，反正我不需要。總之啊，妳別留下一堆破銅爛鐵就翹辮子喔。我現在很忙，下次再打給妳。

說完就掛我電話。

這孩子真不可愛。

每次都說「下次打給妳」，結果一次也沒打來。

不過，好久沒聽到她的聲音了，真開心。雖然她好像心情不大好，但至少精神不錯。話說回來，睦美的聲音聽起來，好像發生了什麼不好的事。我真想問她究竟怎麼了，但她的態度，實在讓我不敢開口。

「她說不需要絲襪。不知道從什麼時候起，小女總是洋洋得意地說：『我的東西可是整理得很好，不管什麼時候死掉都無所謂。』真是不吉利。」

十萬里沒有答腔。一般而言，應該會說「哎呀真的耶，好不吉利喔」或是「令嫒才五十幾歲，現在就想到死後的事情，太早了啦」才對吧？換作是對面的柴田太太，一定會這麼說。

「後院有倉庫，要不要過去看看呢？」

我突然好想趕快讓她看一看，早點打發她走。

「那就恭敬不如從命。」

從土間一路走到最後面，有一座日式庭院，院子另一側是一棟兩層樓高的倉庫。

「倉庫也空蕩蕩的……」十萬里嘴裡念念有詞，好像在自言自語。「我的第六感好像壞了。」

「啥？」

「府上感覺好像沒有很多東西。」

「是的，因為我整理得很仔細呀。」

「不是這個意思。大概是我在東京看過不少公寓大樓的關係吧，這個家只是因為很大、收納空間多，所以看起來不亂而已。其實家裡多的是不需要的東西。」

「說這什麼話……」

「咦？這微波爐是怎麼回事？」

門口附近有兩臺微波爐疊在一起。

「直到五年前，我都是用這兩臺微波爐。喏，現在不是有蒸氣微波爐嗎？所以我就趁機汰舊換新囉。其實啊，我還滿喜歡新產品的。不過舊的也沒壞，丟了多可惜呀。」

「太太，該不會這冰箱也……？」

「全球暖化跟缺電的問題不是很嚴重嗎？為了日本的將來，還是用省電產品比較好啦。」

「可是，這是四大項家電耶。」

「四大項家電？」

「所謂四大項家電，就是指冷氣、電視、冰箱、洗衣機，這四樣東西不能當成大型垃圾回收。買新家電時，如果沒有請電器行收走舊家電，日後就麻煩了。不僅必須自行找業者運走，而且還得付家電回收費跟清運費，費用滿高的喔。」

「咦，原來是這樣啊。」

十萬里面帶慍色地嘆了口氣，然後低聲說：「好棒的長木箱啊。」似乎想轉換心情。

「裡面裝的是婆婆嫁過來時穿的新娘禮服。」我將木箱開給她看。金襴緞子新娘禮服映入眼簾。「變得破破爛爛的，布料已經不行了。」

「其他長木箱裝了什麼呢？」

「那個長木箱裝了以前的陶器跟漆器，其他的則是窗簾之類的東西。」

「窗簾？」

「我很喜歡換窗簾呀。光是換個窗簾，房間的氣氛就煥然一新呢。」

「因為以前的東西都還很乾淨，所以您捨不得丟，是嗎？」

什麼嘛，原來妳懂嘛。這下子，我們總算意氣相投了。

「沒錯沒錯，就是這樣。」

我滿臉堆笑，十萬里卻笑也不笑。

她一邊喊著「嘿咻！」一邊打開長木箱的蓋子，裡面有一堆白底藍花紋的茶碗跟盤子，也有塗漆飯碗跟多層方盒。

「量好多喔，看起來能裝滿一整個大餐具櫃耶。這邊的瓶子呢？」

十萬里指著排在倉庫牆邊的空瓶。

「玻璃浮雕很漂亮吧？外國的瓶子簡直就是藝術品呀。我孫女有一陣子專門蒐集空瓶，所以我想先蒐集起來，等她下次來玩就送給她。」

「那是您孫女幾歲時的事呢？」

「應該是小學時吧。」

「您不是說，她現在二十幾歲了嗎？應該早就不再蒐集了吧？」

「或許吧……」

「瓶子大概有將近一百支喔。其實您心裡應該很清楚，把它們丟掉比較好吧？」

被她說中了。

「太太，為什麼不丟呢？不是拿出來資源回收就好？」

「是啊，我知道，但是……」

「提不起勁？」

「沒錯。一想到非丟不可，不知怎麼的，身體就變得好倦怠。」

「我就知道。」

什麼「我就知道」呀？

「我完全明白了。」

「完全明白」什麼？

「這會兒，應該全部看完了吧？」

「還有別屋[12]呢。」

「咦？還有？」

別屋是一棟平房，有兩間房間。

裡面有五斗櫃、衣櫃各一個，還有兩個日式五斗櫃。兩座壁櫥都是一坪大。五斗櫃裡裝滿我的衣服，日式五斗櫃裝的是和服跟相關飾品，同樣也是塞得滿滿的。

「您以前學過茶道嘛。穿和服的機會多嗎？」

「這個嘛，其實也沒有耶。最近大家都是穿茶道服。有茶道專用服，能放懷紙、袱紗[13]，所以我已經很久沒穿和服了，但又捨不得丟。哪有人會丟和服嘛，而且女兒、媳婦跟孫女說不定會穿啊。」

十萬里又充耳不聞了。

她悻悻然地逕自打開旁邊的衣櫃。

「這些衣服，究竟是給誰穿的呢？」

她這樣問，要我怎麼回答？上頭掛著一件件高級粗花呢套裝、羊皮大衣、牛皮短外套，還有華麗的貂皮大衣。

「到底為什麼要買呢？」

明明是自己買的，卻說得事不關己似的。一定是泡沫經濟害的。正常人哪會買這些。

「貂皮大衣花了整整八十萬，可是只穿過兩次。就算到了寒冬，穿著毛皮大衣還是很熱嘛。畢竟這裡是日本，又不是西伯利亞或北極。」

其實是一百八十萬，但要是老實說出口，我一定會對自己過去的愚蠢厭惡到無以復加，所以不禁少說了一百萬。

「這邊的皮外套呢？」

「喔，這是我的。車站前的精品店店員推薦這件，於是我就買了。可是住在這種鄉下地方，我能穿著它上哪兒去？當初剛買時我穿著它去新年參拜，現在想想，差不多可以讓給女兒了。」

「袖子的款式滿老舊的耶。這是荷葉邊蓬蓬袖。」

「蓬蓬袖？喔，您說燈籠袖呀。」

「這種款式，令嫒應該不想穿吧？」

「可是也不能丟掉呀。這件要十五萬呢。」

其實是四十五萬。

「不管花多少錢，不穿的衣服就是不穿，一直放著也不是辦法。」

「可是呀，十萬里老師。您看這皮革多軟、多高級呀。這真的是好東西耶。所以，可以把袖子改成現代款式，或是改成夾克，要不然，一鼓作氣改成托特包也行啊。如果做成托特包，可以做兩個呢。」

「太太，您擅長做衣服嗎？還是您手藝很好？」

「年輕時做過，但現在不做了。」

「還是說，您認識哪個裁縫師？」

「我在想，改天拿去給改衣服的師傅看看。」

「改天是哪天？幾月幾號？太太，『改天』永遠不會來的。況且，改衣服的費用很貴喔。」

「嗯，我知道。上個月我光是把裙子改短，就花了八千圓呢。早知道要花那麼多錢，我就自己改了。」

十萬里好似想說些什麼，但終究沒說出口。接著，她打開壁櫥，裡面約莫有五十張厚厚的坐墊。

「以前葬禮都是在家裡辦的，所以坐墊好像永遠都不夠用。我先生因為癌症住院時，醫師說他只剩下三個月壽命，我就趕緊去熟悉的綢緞莊訂做了一堆坐墊。結果他過世之後，小犬跟小女都說時代不同了，葬禮在禮儀會館辦就好。到頭來，這些坐墊連一次都沒用過呢。」

「以後也用不到嗎？」

「怎麼想都用不到吧。可是十萬里老師，這些真的很貴喔。裡面的棉花可不是現在常用的聚酯棉，而是以前那種真正的棉花；這是日本製的，所以縫得很仔細，真的是好東西啦。」

十萬里依然沒答腔，從敞開的拉門望向庭院。

我也跟著望向院子，只見松樹枝節雄偉，樹尖還殘留著一點雪。院子長著青苔，遍地都是綻放花朵的雪割草。看來，春天就快到了。

「每年，季節就是如此更迭，人也隨著歲月流轉而逝。」十萬里語重心長地說道。「然而，明知東西用不到了，卻還是不肯丟，導致東西越積越多。家裡東西一大堆，還是不忘換季買新衣，一有陶器展，就趕緊買新的餐具。」

她一副在吟詩作對的樣子。難不成是在嘲笑我？

「仔細想想，日本人幾乎都是『暴發戶』。進入高度成長期之後，每個人都拚命工作，只為了買齊人稱『三大神器』的黑白電視、洗衣機跟冰箱。」

「是呀，沒有錯。」

「或許是戰爭時省吃儉用怕了，導致戰後瘋狂花錢；要不就是整天翻閱時尚雜誌，拚命打扮自己；要不就是每隔幾年就買新車；要不就是添購一大堆西式家具，過度裝飾家裡。」

「喔……」

「人類這種生物，已經習慣藉由購物得到快感。以前的人習慣只留一點好東西，然後珍惜著用、用上很久很久，但這種好習慣，在不知不覺中消失了。」

「經您這麼一說，好像也沒錯。」

「太太，至少把倉庫跟別屋的東西全部丟掉吧？」

「啥？」

全部……開什麼玩笑。

我頓時燃起一股無名火。

「請恕我直言，如果太太您明天突然過世了，您覺得這個家會變成怎樣？」

「小女也常這樣說我。」

「留下這麼多東西給子女，他們會很辛苦的。令嫒、令郎也有自己的生活，而且住得又遠，光是要整理這個家，就得請假、拋下家務，來回奔波好幾次呢。」

「可是啊，我還健康得很呢，根本不覺得身體哪裡不舒服。」

「令嫒說的沒錯，女人過了五十歲，就得為死後打算了。不需要的東西就是不需要，只有物資缺乏的年代，女兒才會穿媽媽的舊衣服。令嫒跟令郎家裡也不缺家具、微波爐跟冰箱吧？」

「可是我還是不放心呀。大地震、核爆、全球暖化都有可能發生，天有不測風雲啊。」

「如果老後想安心生活，該留的不是物品，而是錢才對吧？您想想看，與其留下不喜歡的衣服，倒不如留下買衣服的樂趣，不是嗎？」

「或許吧。」

「那麼，今天我就在此告辭。」

十萬里忽然口出此言，點頭致意。

「咦！您要走了？」

「是的。我會歸納重點，然後跟令嬡商討以後的事情。」

「跟睦美商討？」

「是的。畢竟，委託我的人是令嬡。」

十萬里若無其事說完，便逕自走回主屋。

她在門口穿上羽絨外套、套上鞋子，面無表情地說聲「打擾了」就走了。

院子的紫玉蘭開了，遲來的春天，終於抵達鄉間小鎮。

這天因為下雨，導致太陽還沒下山，窗外就灰濛濛的。

像這種日子，更使我深深明白：自己在大宅邸中有多孤單。

此時，門鈴響了。

是對面的柴田太太嗎？我暗自揣想，走向玄關。

「媽，好久不見。」

我懷疑自己看錯了。

「哎呀，這不是英樹嗎？怎麼了？」

「我到這附近出差，所以順道過來看看。」

「你說的附近是哪裡？」

「呃……」

英樹頓時語塞。為了掩飾尷尬，他脫下鞋子、穿上拖鞋，在走廊一逕往前走。

「我去大阪出差。」

「大阪……」

離這裡一點都不近啊。

「你能待多久？有時間喝個茶嗎？」

我對著他的背影問道。

「今晚我住這裡。」

我高興得連聲音都發不出來，不禁停下腳步，注視他的背影。

我被自己嚇了一跳。想不到兒子只是在這裡住一晚，我就高興成這樣。難道我真的這麼寂寞？寂寞到快瘋了？我捫心自問。

「晚餐想吃什麼？媽媽煮你喜歡的給你吃。」

「別煮了，去外面吃吧，看要吃壽司還是什麼都好。偶爾也可以邊喝啤酒邊聊天啊。畢竟妳煮菜時不能跟我聊天，而且也很花時間。」

「有什麼重要的事嗎？」

我擔心地問道。

「沒有啦，沒什麼。」

這孩子果然貼心。他不常回來，我還以為他忘了家鄉、忘了媽媽呢。一定只是工作太忙而已啦。

我們在壽司店圍桌而坐。

「媽，生日快樂。來，乾杯。」

「咦？生日？」

「不會吧，妳忘了？」

英樹邊笑邊幫我倒啤酒。

其實我記得。可是，我覺得自己一個人想著「今天我生日」實在很悲哀，所以打從一早，我就希望今天趕快過去。

我仔細端詳兒子髮絲中摻雜的白髮。

「媽，今年夏天，跟我一起去旅行吧。」

「那夏葉子呢？」

「夏葉子打算跟她爸媽去北海道旅行。彼此跟自己的爸媽出去玩，就不用顧慮東顧慮西了。」

「我好期待喔！順便邀睦美一起來吧？」

「睦美……不行啦，反正她也排不到假。」

英樹的目光好像有點閃爍，是我的錯覺嗎？

「睦美那麼忙呀？」

「嗯，那傢伙真的很忙。」

英樹跟睦美好像會聯絡彼此。

「媽，妳覺得北京四天三夜如何？」

「北京，你是說中國？那不是外國嗎？」

英樹一聽，忍俊不住哈哈大笑。「我想送妳國外旅遊當禮物，好給妳一個此生無憾的愉快回憶啊。」

「真是好禮物！得趕快辦護照囉。」

好久沒度過如此愉快的夜晚了。我們聊起旅遊大小事，天南地北聊不停。

隔天，我目送英樹離去。平時我會暗想「下次不知道什麼時候才能見面」，落寞得不得了，但這回不同。一想到下次要旅遊，我就有了動力，能在心中對著那背影喊道：「要好好照顧自己喔！加油！」

回到客廳後，我將牛奶倒入剩下的咖啡裡，用微波爐加熱，獨自慢慢品嚐。好期待旅行呀。從今天起，我又能打起精神生活一陣子了。下午去書店買本北京旅遊書吧。

去北京要穿什麼才好？夏季服裝我多得是，要是看不順眼，趁機買新的也好。

——壁櫥都快被衣服塞爆了，妳還要買？

我好像聽見了睦美的聲音。

對了，既然要找夏季服裝，乾脆趁機清掉一些不需要的東西吧。

好幾年沒穿的衣服、倉庫的空瓶、廚房的一大堆東西……

好久沒這樣充滿幹勁了。

幾個月後，正式進入梅雨季。

門鈴響了。我開門一看，是一名高大的青年。

「外婆，好久不見。」

「你是知也嗎？」

「是啊。外婆，妳過得好嗎？」

這是睦美的大兒子，知也。他邊脫鞋邊說「這是伴手禮」，秀出甜點禮盒。

「怎麼突然來了？」

「也沒什麼啦，只是很想念外婆，所以就來了。」

「學校呢？你不用上課嗎？」

「嗯，我在大三就幾乎拿完所有學分，而且工作也找到了，現在超級閒的。平常我應該會去打工，但想到大四是人生最後的自由時間，我就想到處晃晃。」

「所以不用趕時間囉？要不要留下來吃晚飯？」

「如果外婆不介意，我想在這裡住兩、三天。」

「那真是太好了。好，今晚我就做一桌拿手好菜。」

「我也來幫忙。」

「這樣呀？謝謝你。」

距離晚餐還有一段時間，因此我決定先準備甜點。

我打開食品庫。幸虧我早有存糧，才能招待臨時來的客人。真想讓十萬里看看這一幕。

「來，請吃。」

我端出熱煎茶跟煎餅。

「外婆，煎餅受潮了。」

「怎麼可能？我才剛開封呢。我看看喔，哎呀，真的受潮了。」

「已經逾期三年了耶。」

「抱歉抱歉，時間過得好快呀。我去找別的點心。」

語畢，我走向食品庫，知也也隨後跟來。

「喔——就是這裡啊。這就是傳說中的食品庫吧？」

「什麼傳說？」

「沒有啦，沒什麼……」

剎那間，知也看起來很慌亂。大概是十萬里跟睦美說了這裡的狀況，而知也也知道了。話說回來，從那之後，十萬里就再也沒聯絡我。

「外婆，說起來，這量真的很猛耶。這個也過期了。啊，這也過期兩年了。」

「我本來以為不需要太在意保存期限，想不到餅乾也會受潮啊。」

最後，我端出了知也帶來的日式點心。這一幕，可不能讓十萬里看見。

這天的晚餐是天婦羅。

「你媽過得好嗎？」

我想知道睦美的狀況。

「老樣子，很辛苦。」

知也邊說邊津津有味地吃炸蝦。年輕人的食慾真旺盛，看了心情真好。

「公司這麼忙呀？」

「公司？」

「她不是當上部長嗎？帝國飲料公司的部長。」

「那是什麼時候的事啊。我媽早就辭職了啦。」

「為什麼？發生了什麼事？該不會是被炒魷魚？那麼，現在睦美在做什麼？既然不是當部長，那她到底在忙什麼？」

「奶奶臥病在床，我媽為了照顧奶奶，只好辭掉工作。妳不知道嗎？」

「照顧奶奶？你是說，阿修的媽媽？」

「是啊。奶奶先是腦溢血，接著就被診斷出失智症了。」

「什麼時候的事？」

「大概是三年前吧。」

「那麼久了？睦美為什麼不告訴我？」

「她說不想害妳擔心。況且，我媽當上部長，妳不是感到很自豪嗎？所以她不想讓妳失望。」

「原來是這樣啊。說起來，睦美真見外。這樣啊，原來是不想讓我擔心啊。原來她這麼貼心呀。」

「我媽其實人很好啊。」

「其實？怎麼說？」

「自從她開始照顧奶奶，整個人就變得心浮氣躁，而且還冒出黑眼圈，怪嚇人的。我害怕到不敢跟她說話呢。」

說完，知也露出苦笑。

「知也，你在笑什麼？別在這裡嘻嘻哈哈了，快去幫忙你媽。有沒有什麼我能幫忙的地方？要是住得近一點就好了，這樣我就能每天過去……」

我巴不得馬上飛奔過去。越是思考睦美現在的狀況，我就越是坐立難安。虧她想好好當個部長，這孩子真可憐……

「外婆，妳冷靜點啦。我跟爸爸還有郁也，都幫了媽媽啊。」

「那你說，為什麼你在這裡？給我說實話！」

我不禁拉高音量。

「老人安養院終於有空位，所以奶奶昨天住進去了。」

「傻瓜！你怎麼不早點說！這個笨孩子！」

「妳也罵得太難聽了吧。」

知也哈哈大笑。

「那現在，睦美輕鬆一點了嗎？」

「嗯，沒錯。昨天送奶奶去安養院後，我們一家四口去唱了卡啦ＯＫ。我媽死命抓著麥克風不放，唱得跟吼叫沒兩樣，好像要把幾年來的壓力一口氣發洩出來似的。之後我們去居酒屋，只有媽媽醉得一塌糊塗。她大概好幾年沒喝酒了吧。」

我心頭一緊，啞口無言。

我卯足了勁注視天花板，免得眼淚奪眶而出。

「我媽說，以後會不時回來看妳。」

知也將蔬菜沙拉挾到自己的盤子，咬了口番茄。

「真是苦了她呀，睦美。我卻沒能為她做些什麼……」

「不過，舅舅也不輕鬆喔。」

「舅舅？你是說英樹嗎？」

「嗯，對。他被調去子公司上班，好像很辛苦耶。」

「子公司？」

「咦！外婆，妳不知道嗎？」知也開始目光閃爍。「慘了，我該不會說了不該說的話吧？」

「告訴我！我是英樹的媽媽呀。」

「也對啦，瞞著妳才奇怪呢。」

我用力點點頭，知也這才放心說出口。「我媽說，舅舅公司的業績很差，很多人都被裁員了。舅舅雖然沒有被裁員，卻被調到時尚電商公司上班。起初他很高興，覺得逃過裁員就該偷笑了，誰知道到了新環境卻水土不服，而且又常加班加到昏天暗地，連週末都不大能休假呢。」

這些事情，我都是現在才知道。

「前陣子英樹突然來看我，卻沒告訴我這些事。」

「舅舅一定也是不想讓外婆擔心啦。」

「知也，就只有這樣嗎？」

「什麼？」

「今晚，你可要把所有事情全部告訴外婆，知道嗎！」

知也頓時臉色大變，往後一退。是我的表情太恐怖的關係嗎？

「……好啦。那……我盡量把知道的事情說出來。」

幸好知也是個愛講話的男孩，不必花太多力氣逼問。

當晚，知也盡情吃喝，盡情暢談。

「大家都過得很辛苦呢。」

英樹不回老家，是因為被調去子公司上班。

睦美沒耐心、老是掛我電話，是因為要照顧婆婆。

「話說回來，為什麼睦美要請十萬里來我家呢？」

「我想，八成是因為奶奶家簡直亂到跟颱風刮過沒兩樣吧。她健康時把家裡整理得很好，自從身體變差，一旦把壁櫥、五斗櫃跟櫥櫃裡的東西拿出來，就懶得再收回去了。我媽本來每天過去幫忙，不久奶奶得了失智症，她就索性住在奶奶家全天候照顧。要是擅自把東西丟掉，奶奶就會大吼：『是妳偷的吧！』搞得我媽有點神經兮兮的。大概是因為這樣，她就開始衷心厭惡家裡有廢棄物。週末我爸會去照顧奶奶，所以媽媽能回家休息，但從某一天起，她突然開始瘋狂丟東西。每到週末，她就會把家裡不需要的東西裝進垃圾袋丟掉，而且量都超級多。多虧她，現在我家清爽到不行。」

「經你一說我才想起，不用的棉被要是不拿出來曬，就會發霉、積灰塵，和服也必須每年拿出來通風。雖然只是小事，但隨著年紀變大，做這些事情也會變得越來越費力。」

「換作是我媽，她就會說『把時間花在這上面太可惜了』。」

「畢竟剩下的人生不多了，一分一秒也不能浪費呀。」

接著，知也聊起大學生活跟朋友，待回過神，已經超過晚上十二點了。

快樂的三天，一眨眼就過了。

知也離開的那天，我開始整理食品庫。

梅雨季結束，真正的夏天來了。

我收起陽傘，走進安養大樓的大廳，環顧四周。

此時，櫃檯的年輕女子恰巧跟我對上眼。

「我是來探望間宮女士的。」

「好的，我已經事先接獲通知了。間宮敏子女士在三樓的三〇二號房。」她親切地笑著告訴我。

我敲敲門，「來了——」房內響起開朗的嗓音。門是日式拉門，只見間宮太太坐著輪椅拉開門，笑逐顏開。

「好久不見，我等妳等了好久呢。」

她還是跟以前一樣和藹。從長崎嫁過來這麼多年，講話還是多少帶點長崎口音，這點也依然沒變。

「我家的松樹長得怎麼樣？」

「老樣子，枝繁葉茂。」

「太好了。不過，我家要賣掉了。住了那麼多年，總是有點不捨啊。」

「那是當然。對了，間宮太太，妳好像變漂亮了耶。」

「拍我這種老太婆的馬屁，可是一點好處都沒有喔。」

「妳看起來好像變年輕了耶。皮膚也很光滑，整個人神采奕奕。」

這可不是客套話。她看起來一點都不像大我十歲（八十八歲）。

「可能是因為每天做體操吧。而且，我也開始學書法跟大正琴[14]了。」

「妳好像過得很快樂耶。」

「在這裡不用做飯，也會有人幫忙打掃，可以全心投注在興趣上。啊抱歉，我來泡茶。」

間宮太太熟練地轉動輪椅，到牆角的迷你廚房泡茶。

「我帶了水饅頭來。」

「太棒了。夏天一定要吃水饅頭呀。」

「昨晚我看連續劇，看到劇中角色吃水饅頭，我就想起妳喜歡吃這個。」

「想不到這世上有人記得我喜歡吃什麼，真是太開心了。」

明知這樣不大禮貌，我還是趁著間宮太太泡茶時，仔細打量這間房間。房間含廚房，收納空間只有一坪大的衣櫥，除了床鋪跟一組小桌椅，沒有任何稱得上是家具的東西。或許是餐廳設備齊全的關係吧，小廚房的餐具櫃實在很小。

「呃……我想問一個沒禮貌的問題。」

「什麼？想問什麼盡量問。」

「現在要賣掉的房子，裡面還有家具嗎？」

「怎麼可能。全都處理掉了，一個不留。這房間裡的東西，就是我的所有財產。」

「這……太厲害了。妳真是豁出去了呢。」

「哪有什麼豁不豁出去，我又沒得選。」

「可是，有些東西應該充滿紀念價值吧？」

「當然有囉，而且很多。捨不得丟的東西，我就拍照留念。有時我會看著照片緬懷，這樣就不寂寞了。最近我才深深領悟到：身外之物，生不帶來，死不帶去。」

「喔？妳悟道啦？感覺整個人都煥然一新，神清氣爽呢。」

「來吧，茶泡好了。」

窗邊有白色桌椅，從這兒望過去，鋪滿草皮的院子盡收眼底。

「好時髦喔，簡直跟外國電影沒兩樣。」

「對吧？妳也搬過來啦，包准妳住得開心。」

間宮太太說完，調皮地笑了。

她一點都不像八十八歲，倒像個小女孩。

門鈴響了。我望向牆上的時鐘。

古董店老闆也來得太早了吧，離約好的時間還有一小時呢。

我開門一看，竟然是大庭十萬里！嚇我一跳。

「我剛好路過，就順道過來了。」

她還是老樣子，打扮輕便，POLO衫配牛仔褲。手臂胖嘟嘟的，都快把POLO衫的袖子擠爆了。

「這一帶有別的案主嗎？」

「嗯，算是吧。」

「是哪一戶呢？」

鎮上的家家戶戶我都認識，我很好奇是哪一戶，忍不住想打聽。

「我不能說。基於職業道義，我必須保護客戶隱私。」

十萬里那閃爍的目光，可逃不過我的法眼。

說什麼只是路過，應該是瞎掰的吧？可是，應該也不可能專程從東京過來看我吧？

「來，請進。」

我本來以為十萬里會說「不不不，我站在門口就好」、「我只是過來看一下而已，馬上就要走了」，不料她很快就脫下鞋子。

沒辦法，只好帶她進客廳，端茶招待了。

「不好意思，沒有茶點，因為沒有庫存了。」

「沒有庫存？哇……」

十萬里驚訝地睜大雙眼。她大概是想起了食品庫裡那滿坑滿谷的煎餅跟餅乾吧。

「太太，您看起來不一樣了呢。」

「是嗎？哪裡不一樣？」

「該怎麼說呢……」十萬里一副難以啟齒的樣子，真難得。「我身為晚輩，說這種話可能不大妥當，但是您看起來變堅強了。」

「聽您這麼說，我真開心。」

「發生了什麼事嗎？」

「我的小孩跟孫子，都陸續回來看我呢。」

「這樣啊。」

咦！這什麼反應？難道她早就知道了？

「儘管相隔兩地，但大家似乎都很關心我。就算不能常常見面，但家人感情還是不變，我覺得很開心。而且，小犬還要帶我去北京玩呢。」

「嗯哼。」

剛剛那是怎樣？「嗯哼」？

難道小孩跟孫子回來看我，都是十萬里的計謀？

上次跟孫子知也聊天時，我就隱約覺得是這樣。所以，我試著若無其事地向知也問起十萬里，但那個大嘴巴竟然死都不肯說。

「十萬里老師，感謝您各方面的關照。」

「啥？」

還是老樣子，擺著一張撲克臉。不過，我知道她剛剛害羞了一下。

「我想讓兒孫看看，什麼叫『為人生收尾』。大家不是常說『身外之物，生不帶來，死不帶去』嗎？以前一直覺得『這不是廢話嗎』，但其實我根本不了解其中含意。古董店老闆快來了，如果十萬里老師有時間的話，方便陪我一下嗎？」

「好啊，我也很有興趣。」

不久，古董店老闆來了。

「好，我們趕快開始吧。」

這名眼鏡男約莫七十幾歲，瘦得皮包骨，不過年紀雖大，動作卻很靈活，口條也很好。

我帶他到離玄關最近的房間。自從下定決心處理廢棄物，我便每天一點一滴把不要的東西集中在這房間。榻榻米上羅列著捲起來的字畫，旁邊的陶瓷碗跟壺則放在攤開的包袱巾上。

古董店老闆依序將它們拿起來打量。

最初的三幅看得很仔細，從第四幅起，他都是大致看一下就捲回去了。全部看完後，古董店老闆說：「這些字畫是在哪裡買的呢？」

「購物臺。有一陣子我很沉迷電視購物。」

「我就知道。那這邊的呢？」

「這是茶道宗家要求我買的，說要用來當茶道用具。」

「我想也是。這些全部都是大量生產的產品，在我們店裡是不值錢的。」

「怎麼會……可是當初買的時候很貴耶。」

「太太，所謂的古董，就是指罕見的古物。這些都是量產的，而且都是最近才出廠的東西；不能當傳家寶，也不能當財產。說穿了，這些不是古董，只是中古貨，根本賣不出去。這個家好像有很多壁龕，不如留下來當裝飾品，每個季節輪流掛吧。」

「您說的那種我也有，而且一大堆呢。」

「不然，就叫二手商店收走吧。如果您願意的話，我介紹一些好店家給您。好，接下來就看看陶器吧。」

古董店老闆一一打量白底藍花紋的碗盤。

「這些都是古物喔。」

「太太，說古老確實很古老，但每個都是B級貨。釉藥的塗法不一致，而且有泡沫痕，我想當初買的時候應該很便宜吧。這是生活用品，我們不買。」

「虧我保存得小心翼翼……」

「如果您非賣不可的話，不然一個一百圓好了。偶爾也是有客人喜歡買這種老東西來懷舊一下。」

「……才一百圓嗎？那旁邊的壺怎麼樣？」

「這個也不值錢。留在家裡當花瓶如何？雖然沒價值，擺出來也很雅緻啊。還有其他東西嗎？這麼氣派的大宅邸，一定有一兩樣值錢的東西吧？」

「以前有很多好東西，可是我公公過世時，我先生的弟弟們把財物都分走了。我先生是八兄弟當中的長子，因此繼承了這個家，但其他財產則由弟弟們繼承。」

「這樣啊，太可惜了。那我差不多該告辭囉。」

「您收不收棉被跟坐墊？」

「一般古董店不收，我們也不收。」

「我明白了，那我賣陶器就好。」

我不捨地悄悄摩挲陶器。

「太太，對不起，我還是不要收陶器好了。上個月內人才罵我一頓，說我又不學乖，把不值錢的東西搬回家擋路呢。」

說完，古董店老闆便兩手空空走了。

「十萬里老師，我們休息一下吧。」

我去客廳泡煎茶。沒有茶點好像怪怪的，於是我把冷凍庫的年糕拿去微波，做成安倍川餅[15]。

「您很會泡茶耶。濃醇可口，黃豆粉也很好吃。」

十萬里好像喜歡吃甜食。至今她都是擺一張撲克臉，所以感覺不大親切；但她吃年糕時，臉上卻洋溢著幸福，首度流露出人情味。

「話說回來，古董店老闆居然什麼都沒買，我好失望喔。十萬里老師，您不是說留錢比留東西重要嗎？我覺得不無道理，所以本來想把不要的東西全換成錢的……」

「不妨請二手商來吧。好不容易想整理了，打鐵要趁熱呀。古董店老闆不是留了電話號碼嗎？打過去看看吧。」

我依言照辦，立刻打電話給二手商店，對方說馬上過來。

喝完第二杯茶後，二手商店的店長來了。她約莫四十多歲，體格強健，穿著灰色夾克、戴著棒球帽。

「十六組棉被……嗯，這就為難了。」

她像個男人似地盤起胳膊，皺起眉頭。

「品質很好喔。」我說。

「不是這個問題，太太，我問您，您會買二手棉被嗎？」
「我？我怎麼可能買呢？也不知道到底有誰蓋過。」
「對吧？所以囉，您不覺得這些棉被賣不出去嗎？」
「可是，這世上應該有窮人吧？」
「每個窮人都有棉被啦。」
「不然，這邊的坐墊怎麼樣？有五十張喔。」
「沒有人會買吧。」
「可是您看，坐墊這麼厚，而且很高級耶。」
「太厚了，不好坐啦。現在不流行這種了。」
這個女人講話真直接。
「其他還有什麼東西嗎？任何不需要的東西，全都讓我看看吧。太太，您以為不值錢的東西，有時反而賣得出去呢。」
「哎呀，是這樣嗎？那每個地方我都帶您看看，我有很多衣服。」

我走上二樓，打開壁櫥。

「壁櫥裡的東西都不要了嗎？」

「不，我還沒整理。」

「除非有汙漬、蟲蛀、皺摺太嚴重，不然我都收。用紙箱裝起來，一箱大概三百圓吧。」

「咦？才三百圓？」

「只限兩、三年前買的東西喔。更舊的東西款式太老，賣不出去的。」

「貂皮大衣怎麼樣？這件。」

「貂皮大衣？這是泡沫經濟年代留下來的東西吧。在這鄉下地方，有人穿這種東西嗎？這附近穿毛皮衣物的人，只有專獵雉雞的獵人吧？而且最近很多人提倡愛護動物喔。如果是毛皮圍巾，也不是不能賣，但我們不收大衣。」

「那我該拿這大衣怎麼辦？」

「只能丟掉了吧。」

「我當初花了八十萬耶。」

「不然，等您哪天走了，再請人把它放進棺材裡吧。」

我以為女店長在開玩笑，不料她一臉嚴肅。

「因為留下這種東西，只是給家屬添麻煩而已。」

我覺得好絕望。其實是一百八十萬，但我死也不能說。

「對了，太太，有沒有新的東西？例如婚喪喜慶拿到的禮品啦，賀禮的回禮之類的。」

「有喔，很多。」

我精神為之一振。

「這邊請。」

我帶她走向樓梯。

「哎呀，是樓梯櫃呀，上次漏看了。」

十萬里睜大眼睛。

我拉開樓梯櫃抽屜，裡面有整箱毛毯、浴巾、整組坐墊套、還有全套毛巾、手帕等等，有些都變色了。

「除了發黃的東西之外，其他我們都收。」

接著，女店長匆匆看完一樓、二樓的所有房間，還有倉庫跟別屋。

「全部大概多少錢？」

「大致估算一下，衣服能裝五箱紙箱、新的婚喪喜慶禮品、新的鍋子跟平底鍋、字畫跟陶器、十六組棉被、十六個羽絨枕、五十張坐墊、兩臺微波爐跟一臺冰箱……大概五萬塊吧。」

「才五萬？這麼便宜？」

「是啊，我算得很便宜，是優惠價。」

「啥？」

怎麼好像雞同鴨講。

「這不是收購價，而是處理費喔。不是店家付五萬塊，而是太太您要付錢。」

十萬里出面解釋，女店長一聽，頓時傻眼地看著我。

「有幾樣東西確實能賣錢，但是扣掉處理費就沒了。待會我再給您詳細的明細。」

「我要付五萬塊？我？」我啞口無言。「這些坐墊也很貴耶。」

「花五萬塊就能處理，算是很便宜喔。」十萬里說。

對了，對面的柴田太太好像說過，遺物整理業者去前任校長家的處理遺物，光是處理那些家具雜物，就花了一百五十萬。

「十萬里老師，我到底該怎麼辦呢？」

「如果您還不想全處理掉，今天不妨先請店家收走新的婚喪喜慶禮品，其他東西日後再自己慢慢丟掉。可以請市公所介紹回收家電的業者喔。」

「這樣也算是幫我們的忙。」女店長也鬆了口氣。「這年頭，幫忙處理廢棄物不僅得花錢，手續也很麻煩。」

女店長俐落地整理完，就打道回府了。

到頭來，只有處理掉新的婚喪喜慶禮品，還不到所有廢棄物的百分之一呢。花了好幾天整理，結果只有這點成果，真是白費工夫。

「跟古董店老闆、二手商店店長聊過之後，您應該明白了吧？能用的東西，不一定有人能收。」

「是呀，您說的對……只是這些東西幾十年來都捨不得丟，如今突然要我丟掉，也不是那麼簡單的事。」

「我懂。很多戰前出生的人都是這樣，老實說，經歷過戰爭的人，真的很難指導。明知不需要，卻還是捨不得丟，頂多只能讓給別人；可是，他們卻不知道，自己不需要的東西，很多人也不想要。太太，我來幫忙吧。能不能把電話簿借我？」

十萬里喃喃說著：「能捐贈的地方……」一面翻閱電話簿。「對方大概會拒絕，但還是打打看吧。」她邊說邊四處打電話。

很幸運地，社福機構願意收棉被，社區文化中心則願意收坐墊（對方還說「我們非常樂意」呢）。這是座小城鎮，但我們這棟豪宅很有名，所以大家八成想著「那裡的東西，品質一定很好」吧。

「其他東西，就辦個車庫拍賣會清掉吧。」十萬里提議。

「車庫？啊！對了，您好像還沒看過車庫耶。」

「咦？車庫裡除了車子，還有其他東西嗎？」

「我先生生病後，車子沒人開，所以早就賣掉了。」

車庫裡什麼都有。園藝鏟、花盆、一大堆花的種子、三臺腳踏車、三個水桶、竹掃把、一捆捆舊報紙、十幾支高爾夫球桿、網球拍、滑雪板、幾支釣竿、三座大獎盃、斷弦吉他、兩個大行李箱、捕蟲網、三腳架、積滿灰塵的文字處理機、打字機……

「對了，上次來拜訪時，也沒有看到鞋櫃跟洗臉檯的櫃子耶。太太，您參加過跳蚤市場嗎？」

「小學每年辦好幾次，都是在校園舉行。逛那個很好玩耶，每次都不小心買一堆。不過，買東西是很好玩，賣東西就很麻煩了。不僅得把東西搬到會場，還得自己標價，不夠喜歡的話根本做不來。我是沒辦法啦。」

「不然，把不要的東西放在紙箱裡，上面寫『請自行取用』，然後放在門口如何？這在東京很常見。」

「那我明天試試看好了。」

「先放個一星期看看，如果還是沒人要……」

「十萬里老師，到時我就抱著壯士斷腕的決心，一口氣全扔了。」我斬釘截鐵說道。

下個月，好久不見的睦美要回來過夜了。

今年除夕，所有兒孫都將齊聚一堂。

我光是想像，就雀躍得不得了。

在那之前，把不要的東西全部丟掉吧。

⑨ consumer society，生產相對過剩，因此需要鼓勵消費，以維持、刺激生產。
⑩ 在日式建築中，未鋪設木板的灰泥地板或混擬土地板。用途是做為室內與室外的過渡地帶。
⑪ 始於日本鎌倉時代的住宅樣式，日後的和式住宅深深受到書院造影響。
⑫ 主屋之外的小棟建築。
⑬ 以上都是茶道用具。
⑭ 日本傳統樂器，發明於大正元年，也就是一九一二年。
⑮ 靜岡市名產，用年糕裹上黃豆粉，再撒上白糖食用。

案例四

過於乾淨的房間

大庭十萬里的《你整理，我幫忙》已經出版一年了。當初出版社的人剛好看到十萬里的部落格，便興起幫她出書的念頭。編輯想出一個點子，在最後面附上「凌亂度」檢測表，這樣當讀者向十萬里委託指導時，有了那張檢測表，十萬里就比較好選案子了。

方才，十萬里才剛把郵政信箱裡的信全部帶回家。白天她丈夫在公司上班，所以家裡很安靜。十萬里享受著用心泡出來的好咖啡，一邊翻閱檢測表；翻著翻著，一段秀麗的文字吸引了她的目光。

——小犬一家的慘況，實在令人不忍卒睹，因此我決定來信委託。我已取得媳婦同意，因此請老師放心指導。池田靜香，七十二歲，家庭主婦。

看來，委託人是婆婆。這是媳婦最討厭的那種婆婆。十萬里立刻瀏覽檢測表。

第一題　您有摺衣服的習慣嗎？

請用○或×來回答下列問題，並在括號內自由填寫原因或意見。

×（我們夫妻倆每週會去小犬家一次，衣服老是散落在房間各處。）

第二題　雜物淹沒地面，連地板都看不見？

△（房間很亂，但不至於糟到完全看不到地板。有一間房間，他們死都不讓我們看，所以那間房我不確定。）

第三題　麵包常常發霉嗎？

△（印象中沒看過，所以不確定，但廚房很髒。）

第四題　茶水就算潑到地上也不擦？

○（從地板骯髒的程度看來，應該沒擦吧。）

第五題　捨不得丟報紙嗎？

○（報紙在牆角堆得跟山一樣高，我看不下去，唸了他們幾句，下個月就退訂了。小犬說，現在他們改訂網路新聞。）

第六題　捨不得丟以前的賀年卡嗎？

○（其實我沒有看到賀年卡，但我猜媳婦應該是捨不得丟舊東西的人。）

第七題　常常找不到東西嗎？

△（這點我也不清楚。我媳婦是家庭主婦，但她幾乎不做家事，完全不會清潔打掃。不過，我也沒看過她找東西。她常常坐在沙發上發呆。）

第八題　衝動購物，結果買完就忘了？

○（有時她會買一大堆衣服回來，數量多得嚇人，而且也常常連拆都沒拆，就這麼放在百貨公司的袋子裡，我實在傻眼到不知該說什麼。小犬努力工作賺錢，她卻這樣亂花錢，小犬簡直太可憐了。）

第九題　不好意思邀別人來自己家？

○（這種家怎麼好意思邀別人來。那是池田家的恥辱。）

第十題　窗戶打不開？

○（東西太多，所以光是走到窗邊都很費力。）

——附註：不只是房間髒亂，媳婦跟孩子們的精神狀態也有問題。如果能給他們一點動力，或許就能有所改變，因此我才擅自請求專家協助。不過，雖然小犬一家邋遢，但絕不是什麼奇怪的家庭，請儘管放心。小犬畢業於帝都大學，任職於總務省；媳婦出身於醫生世家，結婚前是國際線的空服員。

十萬里曾經跟妹妹小萬里合開過家事服務公司，所以是打掃方面的專家。然而，比起用化學反應去除髒汙，她更想探討人類放任家裡堆積垃圾的心態。外表邋遢的案主一點都不有趣，相較之下，女強人或菁英上班族的老婆有趣多了。為什麼外表跟內在有如此大的反差呢？發掘箇中緣由，是做這一行最大的樂趣。

十萬里沒有聘請助手，必須獨自出訪，因此得謹慎接案，免得誤上賊船。由於最近不時上電視，社會大眾似乎誤以為她是有錢人。如果不小心一點，哪天遇到歹徒拿菜刀威脅「把錢交出來」都不奇怪。按照以上考量，案主最好是有氣質的女性，或是銀髮族。

婆婆字跡秀麗，遣詞用字也相當有禮，看來她兒子一家人應該是正常家庭。一定不會遇上什麼危險的，就決定是這家了。

十萬里重新瀏覽七十二歲家庭主婦所填寫的檢測表，內心雀躍不已。到底是什麼原因，使媳婦的心病了？想都不用想，一定是婆婆的雞婆害的（至少表面上是這樣）。

十萬里用電腦查詢住址，果不其然，是國家公務員宿舍。它是這陣子八卦節目的攻擊目標，位於黃金地段，格局是三房兩廳一廚。設備如此頂級的豪華宿舍，十萬里從以前就想去見識一下了。

前來應門的，是一名面容憔悴的家庭主婦。

「您好，我是整理師大庭十萬里。」

「有勞了。」

池田麻實子看起來約莫四十多歲，聲音有氣無力。十萬里點頭致意，一邊迅速打量麻實子。淡藍色毛衣搭上黑色長褲，沒有配戴首飾；面容清瘦，五官姣好。從她的表情，完全感受不到對雞婆的婆婆有一絲怨懟。她看著十萬里的眼神，也沒有任何喜怒哀樂。

玄關好髒。十萬里原本以為，至少玄關會保持乾淨吧？這裡是眾多菁英官員聚集的官舍，彼此應該多少有來往吧？大多數客人都是在門口講完話就走，因此只要玄關打掃乾淨，就能掩飾家裡很髒的事實。幸運的是，這個家並不是從玄關就能看到後面房間的那種格局，而是走幾步就遇到右拐彎道，因此看不到家裡的狀況。這對邋遢主婦來說，可說是再完美不過的格局，然而連玄關都髒成這樣，後面所有房間肯定都髒到不行。而麻實子的心，也比想像中病得更重。

三和土[16]上到處散落著鞋子，高級紳士皮鞋上疊著沾滿泥巴的運動鞋，而且還有廚餘的臭味。

「那我就打擾了。」

麻實子沒有說「請進」，於是十萬里穿上自己帶來的拖鞋。麻實子無精打采地說了句「請跟我來」，便逕自往前走。

這裡到底多久沒打掃了？從走廊累積的灰塵來推測，大概一個月左右吧。案主幾乎都是好幾年不打掃的人，比起來這邊還算不錯了。不過，從麻實子心不在焉的情況看來，一個月前打掃的人可能是婆婆。

「這裡是三房兩廳一廚吧？能不能先讓我看看廚房呢？」十萬里邊問邊戴上口罩。

「好的，沒問題。」

一般而言，陌生人闖入家裡東看西瞧，除非自己積極想改變，否則通常都很不情願。然而，她對十萬里這個人，以及接下來的整理訣竅或步驟，似乎完全沒有興趣。

廚房的格局是狹長形，流理檯堆滿骯髒的玻璃杯跟馬克杯，卻沒有盤子或碗。由此可見，她可能幾乎不做飯。一家人都吃些什麼？

「聽說令嬡就讀高中跟國中，她們午餐是吃便當嗎？」

「不，吃學生餐廳。」

「意思是說，太太只做早餐跟晚餐囉？」

問歸問，但十萬里知道她可能什麼餐都不煮。還是說，冰箱裡塞滿了微波食品？

「不，我們家不吃早餐。因為外子一整年都很忙，晚餐也都在員工餐廳吃完才回來。」

也就是說，除了幫女兒們做晚餐，麻實子幾乎一整天無所事事。晚餐大概是從外面買來的，而且她也不打掃。

太閒會讓一個人變成廢人，也有不少人因此罹患精神疾病。對窮忙的人而言，這簡直是奢侈的極致，但麻實子肯定也有自己的苦楚。

餐具櫃長寬約一坪大，尺寸夠大且深，裡頭塞滿了餐具。抽屜剛好位於十萬里的腰部高度，一條抹布卡在抽屜口。

「介意我打開這個抽屜嗎？」

「請開。」

十萬里一拉，中途就卡住了。大概是東西塞得太滿了。她將手伸進抽屜口，一手撥東西一手拉抽屜，各種凌亂的雜物於焉現形。動物造型開罐器、從全新擺到變色的洗碗海綿、冰淇淋杓、揉成一團的塑膠袋、保鮮膜芯筒、感冒藥、橡皮筋、鐵釘、螺絲起子、記事本、髮夾、面紙、紅包袋、乾電池、防曬乳、檸檬榨汁機、某種充電器、乾海帶芽、簽字筆……每樣東西看起來都很老舊，換句話說，這抽屜很多年沒開了。若是把這些東西全扔了，不知道有多暢快呀。

十萬里開始想像，換成是我的話……首先，準備可燃垃圾用的四十五公升垃圾袋，再來是裝不可燃垃圾的小型垃圾袋。先把抽屜裡的東西一一拿出來，分裝進兩個袋子，接著再把整個抽屜抽出來，倒過來拍打底部，將灰塵拍落。然後，再用抹布沾濕熱水擰乾，從裡到外擦得乾乾淨淨，接著換旁邊的抽屜……

哇，光是想像，就令人心癢難耐呢。

十萬里差點嘴角上揚，只好趕緊關上抽屜。

「這是現在流行的升降式吧？」

廚房上方的吊櫃，只要按顆按鈕就會降下來，是目前的最新款式。如果自己家裡有這東西，我一定珍惜得不得了！十萬里心想。以前都是用梯子爬到高處拿東西、放東西，但是年紀越大膽子越小，就不再用了。因此，現在櫃子裡空空如也。

系統廚具從內建的瓦斯爐、洗碗機到烤箱一應俱全，真不愧是菁英官員居住的官舍。

雖說都是公務員宿舍，但可不是每棟官舍都這麼高級。以前十萬里去過一棟官舍，那裡設備老舊，連衛浴都是古早款式；不僅離鬧區遠，離車站也遠。舊時代的浴室沒有浴缸也沒有蓮蓬頭，住在這種地方想必很不方便，不過十萬里很享受這種古色古香的昭和風格。如此這般，官舍等級有高有低，這裡無疑是高等級。

「我可以打開櫃子嗎？」

「嗯……」

又是這種不置可否的回應。十萬里按下升降式吊櫃的按鈕，大概是門沒關好吧，密封容器竟從頭上陸續掉下來。每個家都一樣，密封容器總是不知不覺間越積越多。櫃子底部有五六個卡通造型便當，各式大小跟材質的水壺也有將近十個，八成是女兒們小時候用過的吧。第二層是多層方盒跟保冰桶。出現磨刀石比較令人意外，但仔細一看，是全新的。

此時，十萬里首度感覺到一股強烈的視線。廚房是家庭主婦的聖域，外人在這兒到處亂摸，說不定麻實子其實感到很屈辱。

「每個家的廚房都有一堆東西，府上不是特例。」十萬里安慰道。

「這樣啊。」她興趣缺缺地別開視線。看來沒那麼容易攻破心防。

接下來是客廳。大小約十坪左右，兩排大沙發隔著長桌相對。排在窗邊的觀葉植物盆栽，每一盆的泥土都乾巴巴的。地上散落著各種雜物，桌上也堆著雜誌，但不至於太亂。有一臺大螢幕電視，看來家人平常都會來客廳。仔細一瞧，沙發角落有條捲起來的睡袋，或許晚上有人在這裡睡覺。依照以往的經驗推斷，八成是先生。

「這間是我們夫妻的臥房。」

麻實子開始快速介紹房間，大概是想趕快打發十萬里。

臥房是三坪大的和室，衣服不僅扔得到處都是，牆角還積了一團大毛絮。這裡應該也很久沒開吸塵器了。

乾脆全部丟掉好了。事到如今，不如丟掉所有東西，一切重買。這麼一來，就能仔細思考：什麼才是真正需要的東西。這需要龐大的財力，但既然先生是菁英官員，經濟狀況應該不用擔心。

「不好意思，該去下一個房間了吧？」

麻實子開始不耐煩了。

「如果您不介意，我想看看衣櫥跟五斗櫃。」

「……請吧。」

「如果您介意的話，請不用勉強。」

「不，請看，盡量看。」她的態度相當隨便。

十萬里打開日式五斗櫃一看，裡頭塞滿了包著疊紙[17]的和服。

「您喜歡和服嗎？」

「不，是家母擅自幫我訂做的。我跟家母審美觀不同，而且穿著它也不知該去哪裡，連假縫線幾乎都沒拆呢。」

「能不能讓我拿出一件看看？」

十萬里從一疊和服中抽出暗紅色訪問服，果不其然，整面都發霉了，而且四處都是黑色斑點。

「呃。」

麻實子皺起眉頭摀住嘴，一副反胃的樣子。

「最好不時從五斗櫃拿出來陰乾喔。」

對一個連玄關都不掃的人講這句話，八成是對牛彈琴。

「乾脆全部都丟掉吧？您覺得怎麼樣。」

「丟掉？丟掉和服？」

「粗略估計，光是和服就有十件以上。如果全部送洗，費用可能超過十萬。況且，十件和服，就代表腰帶跟長襯衣也有十件之多，也有幾件外袍。就算送洗乾淨了，日後也得常常拿出來陰乾，定期更換防蟲劑，很麻煩的。」

除了這些以外，裡面還塞滿了好幾個和裝包包、帶締、帶揚跟日式短布襪[18]。

「丟掉也太……對了，把這些寄放在娘家好了。」

「如果沒有人要用的話，放在娘家也只是變成五斗櫃的肥料[19]而已。」

「我有兩個女兒，或許她們以後會穿吧。」

「和服也是有流行趨勢的，如果是大正浪漫風格的話還算好……」

從疊紙的玻璃紙小窗看來，恐怕不是那一類的東西。依照十萬里的經驗，很多家庭都苦於處理和服。

「這不是振袖嗎？」

「是的，我年輕時穿過。」

「已經不需要了吧？」

「就說我有兩個女兒嘛。」

「最近的振袖，跟媽媽那年代的款式比起來，顏色跟花紋都比較華麗喔。如果穿著媽媽的舊和服，在鮮艷的振袖群體中就會顯得遜色，聽說很多媽媽事後都很後悔呢。」

很多家庭都覺得反正只有穿幾次，丟掉太可惜，所以會讓女兒穿媽媽的舊和服。不過，振袖這玩意本來就是奢侈品，就算穿去參加七五三節[20]，也只穿一次，結婚典禮也是。

「再說，長了這麼多黴菌……」

「可是，這是家母買給我的，她還在世就丟掉和服，實在是……」

「我了解了。雖然早晚都要丟掉，既然太太堅持，就這麼做吧。」

「不然賣給二手衣商店好了，總比丟掉好吧？」

「太太，和服跟一般衣服不同，面積太大，因此很難避免長斑。我想，就算把這些和服送洗，也無法完全洗乾淨。所以，二手商店會把長斑的部分剪掉，當成碎布販售。因此，一件和服只能賣幾百圓，送洗費還比較貴呢。」

「可是，家母說這是高級綢緞，當初花了不少錢呢。」

不管原本多昂貴，不需要的東西就是不需要。和服不拿來穿就沒意義，只是占空間而已。而且，若是因為潮濕而發霉、被蟲蛀，也可能對人體產生不好的影響。

「如果這房間少了日式五斗櫃，會清爽很多喔。太太，您不妨好好考慮一下。」

「……好。不好意思，該去別的房間了吧？隔壁是我兩個女兒的房間？」

這是約莫兩坪半的西式房間，格局很怪。她的女兒分別為高中二年級跟國中二年級，以國高中生的房間來說，真的很窄小，只能容納一張雙層床跟兩張書桌。地上到處都是流行雜誌、脫下來亂扔的衣服跟襪子。看來，兩個女兒也跟媽媽一樣，沒有整理清潔的習慣。衣櫥敞開，衣服多到塞不下；她們大概很愛漂亮，其中一張書桌排滿色彩繽紛的小瓶指甲油跟護髮用品，簡直就是梳妝檯；另一張書桌則堆滿漫畫，連放張明信片的空間都沒有。學校的同學們，八成也不會來找她們玩。

十萬里不打算教兩位少女打掃，這是母親的職責。因此，必須讓身為母親的麻實子了解整理清潔的重要性才行。基於以上想法，十萬里決定忍住不對此房間發表意見。

來到最後一間房間了。麻實子忽然擋在門口，說：「這裡不用看。」對了，她婆婆填寫的檢測表，好像寫了一句奇怪的話。

——第二題　雜物淹沒地面，連地板都看不見？

——○（房間很亂，但不至於糟到完全看不到地板。有一間房間，他們死都不讓我們看，所以那間房我不確定。）

禁止進入的房間？怪詭異的。

「髒到不能進去嗎？」

「不是的。」她第一次強烈表態。「我只是不想讓任何人看。」

「難不成裡面有屍體？」

十萬里當然只是隨便開個玩笑，不料麻實子卻臉色一變。

怎麼回事？

難道真的有屍體？

十萬里不寒而慄。想到自己跟她獨處一個屋簷下，不禁緊張了起來。

此時，玄關傳來聲響，一名穿著學校制服的女孩走了進來。

「這個大嬸是誰啊？是奶奶上次說的整理師嗎？」

女孩毫不客氣地從上到下打量十萬里，十萬里也注視著她。看起來活像個不良少女，虧十萬里還想像她是個大小姐，落差也太大了。

那雙滿懷敵意的銳利眼神，似乎說著：「我就是叛逆啦，怎樣？」染棕髮、眼線濃、假睫毛也濃，濃密到幾乎能聽見假睫毛的顫動聲。搭在這張稚嫩的臉龐上，簡直滑稽得可悲。瞧她吊兒郎當的態度，旁人大概會以為她在澀谷街頭閒晃到剛剛才回來，但現在才剛過四點，代表她一放學就直接回家了。人不可貌相，或許她是個認真的孩子。

「菜菜美，昨天妳在哪裡過夜？」麻實子問道。

「不知道，妳說呢？」

「不吃晚餐要先說啊。」

「妳要說的是這個喔？反正妳又不會煮什麼像樣的東西。」

菜菜美嗆完母親後，又以極度挑釁的眼神上下打量十萬里，問道：「大嬸，妳該不會看過我房間了吧？」

「是的，我參觀過了。」

「妳幹嘛不先問我就給別人看？」她瞪著母親。

「奶奶擅自請來的，我也沒辦法呀。」麻實子無奈地說。

「對不起，我事前並不知情。」

「大嬸，妳不用道歉啦。房間很髒，嚇到妳了吧？那間房間可是寬敞多囉。」

菜菜美指向禁止進入的房間，揶揄一笑。「大嬸，妳看過那間房間了嗎？」

「菜菜美，不要多嘴。我不會讓任何人進去的。」

「那可真是對不起啊。隨便妳，要鎖就鎖一輩子！」

菜菜美撂下狠話，接著逕自進房甩門，聲響大得整座官舍都聽得見。

「剛才那位是大女兒嗎？」

「不，是小女兒。」

小女兒都這樣，大女兒一定更誇張。還是說，其實大女兒是模範生？

十萬里的腦海中，正逐漸勾勒出這個家的樣貌。

——妻子因為女兒學壞而煩惱，丈夫卻推卸責任，辯稱：「教育孩子是媽媽的責任，我工作很忙。」菜菜美行為偏差，是因為常常被拿來跟優秀的姊姊比較，而爸媽卻渾然不覺。夫妻倆為了菜菜美感情失和，麻實子飽受丈夫責怪，對家事也產生倦怠。因此，廚房的垃圾桶才會堆滿超商便當跟泡麵碗。

類似案例，社會上多得是。

「看完了嗎？」

麻實子看著十萬里，似乎想下逐客令了。這也難怪，畢竟請十萬里來的是婆婆，而不是麻實子。

此時，玄關傳來開門聲，一名制服筆挺的女孩走了進來。想必是檢測表家庭欄的長女沙耶加吧。她只瞟了十萬里一眼，什麼都沒說，連「我回來了」也不對母親麻實子說一聲，就逕直回房了。她是個不起眼又陰沉的孩子，這下子十萬里又猜錯了，本來還以為是模範生那型呢。話說回來，十萬里更訝異的是，麻實子連聲「妳回來了」

也不說，一副對方不存在的樣子。

「不好意思，請問看完了嗎？」

麻實子又重問一次，提醒十萬里該走人了。

「那麼，我今天回家會擬定整理計劃。下次是兩星期後，跟今天相同時間好嗎？」

「不是今天就結束了嗎？」

「我跟您的婆婆說過，今天只是檢視『凌亂度』而已。」

「天啊……」好沮喪的聲音。「結果呢？」

「『凌亂度』從輕症到重症分成三階段，府上屬於重症。」

「重症啊……」

「請您別難過，來找我的客戶幾乎都是重症。重症的客戶一個月需要指導兩次，連續三個月，而且半年後也會檢查一次。」

「憑什麼我要被婆婆連續監視三個月？」她滿面愁容。「妳不能今天就整理完嗎？」

麻實子哀求地望著十萬里。

「我不是來整理，而是來教導您如何整理的。」

「不然我讀妳的書嘛，這樣總行了吧？今天我就買回來讀。」

「適合每個家庭的整理方式都不同，所以需要個別指導。不過，您當然也可以拒絕。」

「那可不行。以後婆婆不知道會怎麼說我……」

麻實子深深嘆了口氣，似乎終於認命了。

「我要出一項作業給您。請在我下次來之前，把餐具櫃的抽屜整理乾淨。長時間不開抽屜，代表裡面都是不需要的東西，不妨全部扔掉。」

不知出了什麼差錯，導致麻實子每天渾渾噩噩度日。五分鐘也行，十萬里希望她能集中精神做些什麼；隨著集中精神的時間一點一滴延長，她的情況或許就能開始好轉。

「請您千萬別勉強喔，只整理一個小抽屜也沒關係。」

「嗯，我知道了。」

兩星期後，十萬里再度拜訪麻實子，廚房抽屜已經清空了。

「變得好乾淨喔。很有成就感吧？」

「嗯，算是吧。」

還是老樣子，擺著一張看不出喜怒哀樂的撲克臉。看來效果沒有想像中好。十萬里原本以為清空一個抽屜後，她會越整理越來勁、越清越多，結果只整理了一個抽屜而已。而且真的只是「清空」，周圍的灰塵都還在。廚房牆角還是堆著大包垃圾；流理檯還是很髒；微波爐上面還是積著一層灰，裡頭也很髒；地板也沒打掃，有時拖鞋鞋底還會黏在地板上。

下午兩點剛過，從早上起床到現在，麻實子到底是怎麼過的？沒化妝、沒打掃、沒煮飯，也沒洗衣服；女兒們也還沒放學；獨自在家大半天，麻實子的心不知多麼空虛。

「今天來挑戰整理餐具櫃吧。灰塵容易積在櫃子深處，常常清理也很麻煩，所以先想想要怎麼減少餐具的數量吧。」

麻實子默默點頭，但顯然心不在焉。

換作指導其他案主，都是從區分「常用的餐具」跟「不常用的餐具」開始，但麻實子不煮飯，所以幾乎不用餐具。

「以一家四口而言，數量太多了。」

麻實子一聽，猛地抬起頭來，直視著十萬里。那銳利的眼神，簡直像在瞪人。

難道說了什麼不該說的話嗎？

「我們是一家五口。」

「您夫妻倆跟兩位女兒……四口。剩下那一位是誰？」

「不關妳這整理師的事。」

難不成是那間禁止進入的房間的主人？十萬里不禁背脊發寒。

麻實子見十萬里默不吭聲，只好深深嘆口氣，語帶催促地說：「好吧，我會丟掉不需要的東西，滿意了吧？餐具櫃看完了，接下來呢？」

「方便讓我看一下冰箱嗎？」十萬里強裝鎮定。

「請。」

聲音很冷靜。又變回那張撲克臉了。

本來以為應該很髒，打開一瞧，卻意外地整理得很乾淨。

「因為才剛清理過。」

「咦！清理過了？」

她有幹勁了嗎？

「昨天我婆婆來，她看不下去，就自行清理了。」

「喔，原來是這樣呀。那我也來清理好了，您介意嗎？」

「啥？」

好想把這裡打掃得乾乾淨淨。十萬里把家裡維持得很乾淨，所以沒機會徹底打掃髒到如此程度的廚房。究竟需要多少心力？十萬里不希望只是口頭指導，也很想親自體驗看看，應該會對以後的工作有幫助。況且，一旦廚房變乾淨，麻實子或許也會改變想法。至少會覺得清爽一點。

「請自便。不好意思，我可以趁機躺一下嗎？」

「您身體不舒服嗎？」

「不，只是身體太久沒運動，所以很容易累。」

這也難怪。畢竟這幾年來，麻實子出門就只是買東西，家事也不做，整天在家發呆。

「在您休息之前，請先告訴我千代田區的垃圾分類方式，還有垃圾場的位置。」

麻實子從櫃子取出垃圾分類手冊，遞給十萬里。官舍的垃圾場很大，也有很多子母車，隨時都能倒垃圾。

「那我休息一下，結束後請叫我。」

語畢，麻實子便回臥室了。

十萬里戴上口罩跟橡膠手套，圍上自己帶來的圍裙。鬥志越來越高昂了。先把垃圾收集起來丟掉吧。十萬里將散落在廚房與客廳地上的紙箱疊起來捆好，接著準備處理廚房牆角的一包包垃圾。看得出來裡面混雜著寶特瓶跟瓶瓶罐罐，十萬里解開袋口想分類，不料裡頭飛出好幾隻小蟲。看來這些瓶罐都沒有沖洗過。十萬里逕自從櫃子取出幾枚新的垃圾袋，將袋口敞開，一袋放寶特瓶、一袋放空瓶、一袋放罐子，然後迅速將瓶罐沖水，逐一分類。

大功告成後，她正忙著將垃圾袋口打結，卻聽到開門聲。長女沙耶加回來了。她連聲「我回來了」都不說，沿著走廊朝這裡走來，臉上掛著前所未見的燦笑。不過，她似乎沒有看到十萬里，徑直走向自己的房間。她開心得幾乎要捧腹大笑，八成是沉浸在自己的幻想裡吧。

「妳好。」

十萬里從後面向沙耶加打招呼，她嚇得整個人彈起來，停下腳步。沙耶加發出不知是「啊」還是「喔」的聲音，含混不清地小聲說「妳好」，接著又想走進房裡。

「沙耶加，請等一下。能不能幫我丟垃圾呢？」

「我？」

好不容易回頭，卻是一副極端厭惡的表情。從小到大，她從來沒幫忙做過家事吧。

「我不知道垃圾場在哪裡，能不能跟我一起去呢？令堂累了，所以正在休息呢。」

「可是……」

「不好意思，請幫我拿這個。」

十萬里不容分說地將一包很重的空瓶，以及很輕卻很大包的寶特瓶塞給沙耶加，自己則拿著一包空罐跟一疊捆好的紙箱。

兩人踏出大門並肩而行，沙耶加整整比十萬里高出一個頭。

「上學開心嗎？」

「還好。」

「有比較擅長的科目嗎？」

「沒有。」

「沒有參加社團活動嗎？」

「對。」

話不投機半句多。兩人搭電梯下一樓，走向垃圾場；沙耶加一會兒將左手的回收物換到右手，一會兒將右手的回收物換到左手，似乎覺得很重、手很痛。

「妳從來不知道原來垃圾這麼重，對吧？」

「……對，嗯。」

「有年輕人幫忙再好不過了，畢竟我跟令堂都不年輕了。」

「嗯……」

十萬里希望藉由丟垃圾這項舉手之勞，能使沙耶加了解家務的繁重，學會體諒長輩。不過，那張毫無表情的面龐，實在無法看出任何端倪。

丟完垃圾返家後，沙耶加徑直回房關門，一副「拜託不要再叫我做家事」的樣子。十萬里本來就不期待她自願幫更多忙，但原本以為她至少會好奇地觀看自己打掃呢。

十萬里嘆了口氣，用吸塵器認真打掃廚房，從天花板到地板都不放過。接著，她用菜瓜布刷洗水槽、流理檯跟瓦斯爐，然後跪在地板上，用擰乾的濕抹布仔細擦拭地板。抹布變得黑漆漆的，但是前後擦了四次，地板總算不髒了。

對了，餐具櫃下半部還沒看過呢。十萬里拉開櫃門，冰淇淋機、剉冰機、煮蛋機、章魚燒烤盤、義式咖啡機、鬆餅機、熱壓三明治機、蔬果調理機、榨汁機、棉花糖製造機等廚房小家電一一現身。看來，母女三人也曾經有過一段快樂做點心的時期。

那麼，究竟是哪個環節出了問題呢？

離開池田家後，十萬里在走向車站的途中遇見菜菜美。

「菜菜美，妳回來啦。」

「大嬸，妳又跑來我家了？」

菜菜美邊問邊停下腳步。明明她大可直接走掉，卻特地停下來，可見菜菜美有點寂寞。

「菜菜美，方便的話，要不要跟我在車站附近吃甜甜圈？」

十萬里抱著被拒絕的心理準備，邀她去Mister Donut。

「我想想喔——如果妳請客的話，去是無所謂啦。」

真愛逞強。其實她根本就很想要人陪。從菜菜美房間那堆不便宜的化妝品跟衣服看來，十萬里知道她零用錢多得是。

兩人踏進店裡，在吧檯並肩而坐。

「好啦，妳到底找我幹嘛？如果妳說教，我就馬上走人喔。」

菜菜美嘴上囂張，表情倒是有點開心。

「因為我不知道該怎麼整理府上才好，所以想借助年輕人的智慧。」

「大嬸，想不到妳還滿沒用的嘛。虧妳還敢靠這個吃飯耶。」

菜菜美傻眼地嗆了兩句，咬下甜甜圈。

「我想請教一件事。令堂不願意給我看的房間，究竟有什麼內情呢？」

「喔，那間房間呀，是祐介的房間啦。」

「祐介是……？」

「我老哥啦。」

怪了，家庭欄好像沒有提到兒子啊……難道是婆婆忘記填了？還是我記錯了？十萬里暗想。

「那間房間不必整理啦，乾淨得很呢。桌上一塵不染，床單也鋪得很平整，連一點皺摺都沒有。櫃子上的昆蟲圖鑑跟世界文學全集按照順序排列得整整齊齊，媽咪也常常把書櫃上的地球儀擦得跟新的沒兩樣。那裡跟其他房間不一樣，地上唯一的東西是小提琴盒，連木質地板也擦得亮晶晶的。」

難道只有兒子愛乾淨嗎？

「而且啊，我跟老姊得兩個人擠一間兩坪半的房間，老哥的房間卻足足有八坪大耶。不只這樣，方位還是坐北朝南，採光好、視野也好，是我們家最棒的房間。」

只有一間房間乾淨的家，這倒是頭一次遇到。

「好稀奇的家庭啊，居然只有令兄愛乾淨。」

「大嬸，妳不知道嗎？」

菜菜美睜大雙眼，望著十萬里。

「不知道什麼？」

「我老哥五年前出車禍死了。」

十萬里頓時目瞪口呆。

「奶奶也真是的，到底在想什麼啊？居然沒告訴整理師大嬸這件事。」

十萬里不發一語，啜飲冷掉的咖啡。

「勸妳最好不要在媽咪面前提起老哥喔。她一定會發火，臉不紅氣不喘地說些別人聽了會頭皮發麻的話，什麼『那孩子沒死，他還活在我心中』之類的。媽咪只愛老哥啦，她才不管我跟老姊死活咧。證據就是——死掉的人居然占據家裡最好的房間耶，笑死人了。」

儘管裝得像個小大人，菜菜美的聲音卻帶著一絲哀傷。明明是三兄妹，母親的心卻只向著死去的兒子。兒子在五年前過世，當時菜菜美應該是小學三年級；從那之後，菜菜美就一直得不到母親的關愛，度過這麼多年？

「令堂打算將令兄生前的房間閒置到什麼時候？」

「誰知道。五年來都這樣，大概會閒置一輩子吧。」

「那裡是官舍，所以等令尊退休後，就必須搬出去了吧？」

「是喔？」

菜菜美目瞪口呆的表情，純真極了。

「令堂很寂寞喔。令兄過世後，她的心就破了一個洞。那個缺口，想必很難填補吧？因為孩子過世，是父母心中最大的痛。」

菜菜美默默聆聽。不知道這顆介於大人與小孩之間的心，有什麼想法呢？

許多大人認為理所當然的事，對孩子而言是全新的體悟，而很多大人對此渾然不覺。明明應該跟孩子多聊聊，大人卻只顧著忙碌，在不知不覺間忽略孩子。

「老哥死後媽咪的心就壞掉了，害我也跟著倒楣。」

「不過，其實妳了解令堂的心情，對吧？」

「那個臭老太婆的心情，關我屁事啊。」

嘴上撂狠話，身體卻湊了過來，似乎很想要人陪。

「學校的功課怎麼樣？」

「慘到爆。一開始就跟不上進度，所以英文跟數學完全看不懂。」

「這下糟了。現在才國二吧？再這樣下去，考高中時會很悽慘喔。」

「悽慘……大嬸，妳講話很直耶。」

「沒有朋友對妳說過這種話嗎？」

「才沒有咧。大家都說船到橋頭自然直。」

「菜菜美，妳覺得呢？妳真的認為船到橋頭自然直嗎？」

菜菜美一聽，頓時表情一沉，盯著桌子上的某一點。

「如果妳認為說好話的人是真的為妳著想，那就大錯特錯囉。」

這話說來怪彆扭的，但還是必須讓孩子明白這點。

「不用妳說我也知道啦。叫妳不要說教還說教，臭大嬸。」

儘管嘴上不饒人，菜菜美卻沒有離席。

「如果國中程度就看不懂，以後會學得更辛苦喔。」

原本以為菜菜美會頂嘴，卻是不發一語。

「再這樣下去，恐怕上不了高中喔。換句話說，妳的最高學歷，只有國中畢業。」

菜菜美雙手拿著甜甜圈，全身僵直。

「一般而言，就算是徵工讀生或是家庭主婦兼職，都會要求最少高中畢業。想一想，妳的未來真是一片黑暗啊。」

菜菜美咬緊牙根。

「不過，我覺得現在還來得及喔。」

「真的嗎？」

菜菜美轉過頭來，流下一行清淚。她自己似乎也嚇了一跳，趕緊用手背抹去淚水。

「找家教比上補習班好，如果家教老師能配合妳的程度，從基礎慢慢教起，應該能追上進度。」

貧窮家庭的孩子無法走這條路，但菜菜美家的財力應該沒問題。

「現在開始也來得及？」菜菜美哀求地望著十萬里。

「只要肯努力，一定來得及。」

十萬里說完，輕輕將手搭在菜菜美背上，露出欣慰的表情。

「令姊沙耶加，在學校表現好嗎？」

「不知道，老姊都不跟家人講話。」

「可是，兩位不是住同一間房間嗎？」

「她跟媽咪一樣，根本就是把我當空氣。整天沉浸在自己的世界裡。虧我們以前還常一起打羽球、拍大頭貼呢。」

看來，裝叛逆、渴求大人關注的菜菜美，還比較不棘手呢。

「令尊在家裡的狀況如何？」

「爸比的工作好像很忙，每天一大早出門、半夜才回來，我幾乎見不到他。以前爸比擔心媽咪，所以努力做家事做了一段時間，可是最後好像也累了。這陣子他都把全家人的髒衣服帶去奶奶家洗，偶爾還在奶奶家過夜。」

「哎呀，令尊是個好爸爸呢。」

跟想像中不一樣。

「嗯，對呀。」

菜菜美微微揚起嘴角。

返家途中，十萬里在斜坡上不經意抬頭一望，只見枇杷樹白花盛開。

看著這些白花，她想起家鄉的阿姨一家人。

阿姨有三個兒子，但原本有四個小孩。第一個小孩是女兒，國小三年級時因白血病過世。她叫做早苗，比十萬里大兩歲。小時候，十萬里最期待的就是接收早苗的舊衣服；阿姨很擅長做衣服，她會參考時裝雜誌，做出在鄉下服飾店買不到的可愛洋裝。

然而早苗過世後，阿姨失去了生來的樂觀開朗。或許她開始覺得生活瑣事沒有意義，所以家事也敷衍了事。當然，也不再做衣服了，動不動就到十萬里家，對著姊姊（十萬里的媽媽）哭訴。

「左鄰右舍都說我『真是太不幸了』。」阿姨聲淚俱下。

當時十萬里才國小一年級，不懂「不幸」是什麼意思，但她覺得既然有「不」字，一定是不好的話，因此暗自決定：絕對不開口說這兩個字。

「他們這麼說妳？太過分了。」

十萬里從未見過母親哭泣，因此嚇了一跳，只好假裝在寫數學評量，一邊拚命豎起耳朵。

「魚鋪的大叔說『時間久了，任何傷口都會痊癒的』。」

「痊癒？說什麼蠢話。我再也不去那家店買魚了！」母親忿忿地撂下狠話。

「早苗的班導還說呀，『至少您跟令嬡共度了從出生到國小三年級這幾年，很值得慶幸了』。」

「沒水準。」

「妳猜米店的婆婆說什麼？『放心吧，以後還能生女兒的』。」

「太誇張了吧。那個婆婆平常總是笑臉迎人，誰知道講話這麼毒！」

「還不只這樣呢。有三個人來我們家上香，她們說自己是早苗同班同學的媽媽，結果這三人居然異口同聲說『我們了解妳的心情』。」

「了解妳的心情？」

十萬里的母親難得大聲嚷嚷。十萬里只在電視劇上看過女人含淚大嚷，驚覺現在不是寫評量的時候，只好擱下鉛筆，注視著母親跟阿姨。她發現說話比想像中更需要智慧，從此之後，十萬里就變成一個沉默寡言的孩子。

現在想想，阿姨只對十萬里的媽媽敞開心房，或許是因為媽媽願意站在她的立場，陪她一起悲傷。阿姨覺得被安慰是一種痛苦，她只想要有人陪著一起哭而已。那些出言安慰的人顯然沒有惡意，阿姨跟媽媽也十分清楚這一點；即使如此，缺乏同理心的話語，只會使人憤怒。十萬里看著阿姨跟媽媽相處這麼多年，知道旁人能做的只有默默陪伴。因此，她決定不對麻實子多說什麼。

當時，十萬里的媽媽在自家菜圃種菜，多的會分給阿姨家。高中的某個夏天，媽媽要求十萬里帶蔬菜給阿姨；由於十萬里忙於社團活動跟準備考試，因此很久沒見到阿姨了。

「要是早苗還活著，就跟妳差不多大了。」

阿姨用憐愛的眼神上下打量十萬里。

「這世界真不公平啊。憑什麼只有我們家早苗被白血病害死？」

阿姨的這番話，令十萬里覺得自己的健康好像是一種罪過。早苗已過世十年，阿姨卻還是沒有從失去早苗的痛苦中走出來。想想阿姨的狀況，麻實子恐怕也沒那麼容易站起來。

這次來池田家，十萬里決定將浴室及洗衣間刷洗乾淨。

而麻實子只是杵在一旁。

「不好意思，我能不能在臥房瞇一下？」

「沒問題，請。」

十萬里先將浴室所有的東西搬到洗衣間。幾瓶洗髮精、潤髮乳、沐浴乳，還有浴室用的板凳跟臉盆。每樣東西的底部都發霉，還有黏黏滑滑的水垢。十萬里將浴室的百葉窗敞開，在壁磚上狂噴去霉劑。走出浴室關上門，在等待去霉劑生效的這段時間，她在洗衣間將搬出來的東西從頭洗一遍。用菜瓜布奮力刷刷洗洗，連心情都暢快多了。安全剃刀、沐浴巾、浴帽全都長出了黑黴，於是十萬里問也不問，就將它們丟進垃圾桶。打開洗衣間的櫃子一看，裡面有好多清潔劑。光是洗衣劑，就分成液狀跟粉狀、毛衣專用、高級衣物專用、室內陰乾用、領口袖口專用、去汗泥、去汗漬用等等，而柔軟精也分成室內陰乾用跟去皺專用。不知為何，漂白水也有三瓶。打開旁邊的櫃子一看，各種居家清潔劑一應俱全，有浴缸專用、浴室專用、除水垢用、家具專用、居住環境專用、地板專用、玻璃專用、榻榻米專用、鞋子專用、布製品專用……看來，麻實子也曾有過一段充滿幹勁的時期。儘管廠商推出各式不同用途的洗劑，其實合成洗劑的成分都大同小異，根本沒必要買那麼多種。乾脆全部丟掉算了？這些東西，八成花上一輩子都用不完。想歸想，但也不能擅自丟掉還能用的東西，所以十萬里擦完櫃子後，便將所有清潔劑歸位，刷洗洗臉檯、打掃地板。

打掃完畢後，她用蓮蓬頭沖洗浴室的去霉劑，刷洗浴缸。

「太太，我打掃完了。」

十萬里在門外一喊，麻實子才睡眼惺忪地走出來。

「以後不妨請專業的清潔業者來打掃吧。清潔浴室大概需要兩萬圓，但半年清一次就夠了。」

「嗯。」

麻實子隨口應了一聲，接著抬頭望向時鐘，忽然慌了起來。

「太太，有什麼事情要辦嗎？」

「有喔有喔。」

菜菜美突然出聲。

她站在十萬里身後，不知道什麼時候回來的。「今天呀，是老哥的月命日[21]啦。

這個人啊，她會去車禍現場獻花，她可是把這件事看得比煮飯重要上百倍呢。」

菜菜美酸溜溜地挖苦。

「我跟您一起去，好嗎？」

十萬里說完，麻實子頓時雙眼圓睜。很意外地，她竟沒有面露不悅。儘管只有一瞬間，但她的眼眸似乎綻放了溫和的光芒，彷彿已卸下武裝。

「我準備一下，請稍等。」

麻實子臉上多了幾分神采。

才過幾分鐘，她就從臥房出來了。口紅塗了，頭髮也梳了。

「什麼鬼啊，受不了耶。搞半天，原來整理師大嬸跟她是同一國的。」

十萬里頭也不回地承受菜菜美的怒罵，與麻實子一同走出大門。

麻實子走在前方，十萬里注視著她消瘦的肩膀，一面思忖：為什麼婆婆不在檢測表提起孫子過世的事呢？難道她跟麻實子一樣，不肯承認孫子已不在人世？

「我去一下花店。」

麻實子一離開官舍，立刻走進附近的花店。

「今天的龍膽花很漂亮喔，要不要在旁邊加一些滿天星陪襯？」

店員好像知道麻實子的目的，推薦她嬌柔可愛的花。

「好漂亮喔。就這個了。」

麻實子看著花，靜靜地微笑。

走出花店，迎面恰巧走來兩名女子，兩人一同點頭致意。從服裝品味看來，一定是住在同一棟官舍的家庭主婦。她們似乎很習慣麻實子捧著花出門，連「妳要去哪裡」也不問，不僅如此，經過時還一副避之唯恐不及的模樣，誇張地扭開身體讓路。

走了五六步後，十萬里若無其事回頭，只見剛才那兩名女子也停下來，毫不客氣地看著十萬里。

——那個太太旁邊的人是誰呀？平常她都是一個人啊。

她們八成正聊著這些吧？一對上眼，她們又匆匆點了個頭，快步離去。

車禍現場是距此五分鐘路程的高級住宅區。十字路口的電線桿下方，有一束完全枯萎的花。麻實子將花丟進自己帶來的垃圾袋，將剛買的花供奉在同樣的位置。接著，她閉上眼睛，雙手合十。十萬里也在麻實子旁邊照做。

睜開眼睛抬頭一看，有個女子從對面豪宅的窗簾間一逕偷看。對方似乎也察覺到十萬里的視線，趕緊躲到窗簾後。

麻實子依然閉著眼睛禱告。十萬里無法正視她的臉龐。孩子過世有多麼痛苦，用不著親身經歷，光是想像就夠苦了。

麻實子睜開眼睛，表情變得柔和多了。

「差不多該回去了。」

麻實子這句話，言下之意似乎是「剛剛見到我兒子了」。

她的語氣，是多麼平靜、祥和。

「兩星期後我會再來，您同意嗎？」

「好。」

麻實子順從地點頭。

十萬里目送麻實子離去，直到她的身影沒入轉角。

好，我也該走了。才剛踏出一步，一名四十歲左右的女子，從剛才那棟豪宅的大門走出來。

「呃……不好意思，請問您是池田麻實子的朋友嗎？」

看來，她認識麻實子。「咦！您該不會是大庭十萬里老師吧？」

女子走過來，驚訝地睜大雙眼，雙手摀嘴。

「是的。」

女子一聽，頓時笑逐顏開，想跟十萬里握手。「我常看您的節目，是您的忠實粉絲呢。」

「謝謝支持。」

「十萬里老師，您認識池田太太？」

「嗯，算是吧。」

必須保護案主的隱私。

「這種事情，實在很難啟齒……」女子望向麻實子供奉的花束。「都是因為這束花，害我們一直無法忘記那天的慘劇。當天叫救護車的人是我啦。這裡是開星國中上下學必經的路徑，平常根本沒有卡車，但是那天早上司機怕送貨遲到，於是抄近路開進住宅區，在那個十字路口左轉，不小心撞死三個國中男生。三個人都是當場死亡。當時的情景，現在仍歷歷在目。不只是我們家，面對這十字路口的家家戶戶，每個人都仍然甩不開當時的陰霾。當然，跟失去孩子的父母比起來，我們的痛苦根本不算什麼，只是……」

女子視線游移，似乎不知該不該繼續講下去。

「請繼續說。」

「世界上不是有些人很沒良心嗎？網路上的論壇說這裡是不祥之地，導致有一陣子，一堆好事者跑來這裡湊熱鬧。可是，我們又不能叫家屬別再獻花了。外子也叫我忍耐，所以我一直都沒說什麼，只是……池田太太今後還要繼續獻花嗎？我家的小孩當時才國小，他們因為家門口死人，害怕了好久呢。」

「您的意思我明白了。我會私下提醒池田太太的。」

「真的嗎？」

女子的神色為之一亮。

邁入十二月後，氣溫驟降。

在寒冷的午後，十萬里前往麻實子所住的官舍。說不定房間變乾淨了。麻實子看著十萬里刷洗得亮晶晶的浴室跟洗衣間，這回總該感覺到什麼了吧。說不定整個家都變乾淨了呢。

麻實子出來應門，她的表情不是以往的撲克臉，而是明顯的不悅。

——又來了？

臉上彷彿寫著這三個字。

「我應該說過，今天會來府上拜訪。」

十萬里的語氣不禁強硬起來。

「我知道。」

這個答案，令十萬里更加惱火。

「請恕我再重申一次，即使中途解約也沒關係，我不在意。」

「我也說過好多次了。委託人是我婆婆，所以我不能拒絕。」

既然不能拒絕，好歹收起那張不爽的臉吧？十萬里將到口的話吞回去。

「打擾了。」

十萬里穿上自行準備的拖鞋，踏上走廊。客廳跟上次來時一模一樣，她好失望。

太太，拜託妳不要鬧了。至少把雜誌拿去資源回收吧？把雜誌捆起來有那麼麻煩嗎？桌上的馬克杯放幾天了？那杯汙濁的液體上面有一層膜，請問原本是什麼飲料？真搞不懂怎麼能有人放那麼多天都不洗。說起來，好歹開個吸塵器吧？所謂的吸塵器，就是因為掃把跟畚斗不好用，才開發出來的文明利器啊。有這麼簡單方便的機器還不用，到底在想什麼？請妳為孩子的健康著想，孩子們可是在灰塵中吃超商便當耶。妳先生不是每天工作到半夜嗎？既然你們不是雙薪家庭，做家事不就是妳的責任嗎？說到底，孩子們還在發育，妳想過她們需要什麼營養嗎？我並非要妳做什麼山珍海味，把肉跟蔬菜炒一炒，撒上胡椒鹽就好啦。如果要煮魚，就買切片回來，直接用平底鍋煎也行啊。如果連這樣都嫌麻煩，就買生魚片、番茄跟豆腐，即使不開火，也能做出營養均衡的料理。不要整天發呆，請妳動動腦好嗎？

十萬里越是壓抑心中的想法，就越來越煩躁，瀕臨爆發邊緣。失去孩子固然使人同情，但也不能無止境地放縱她這樣自甘墮落。就是因為大家都對麻實子戒慎恐懼，她才會變成這樣吧？如果沒人對她說真話，以後她還是不會變。兩個女兒怎麼辦？太可憐了吧。

「太太，菜菜美很寂寞，因為您腦中只想著大兒子。」

「菜菜美從小就很叛逆，完全不聽我的話。」

「那只是她發出訊號，想要媽媽多關心自己而已。」

「訊號？」

麻實子的震驚，遠超過十萬里想像。當局者迷旁觀者清，因此即使被討厭、被嫌囉嗦，還是得有人講真話。十萬里越來越熱血激昂，心想：這就是我的使命。

「沙耶加的情形，可能比菜菜美還嚴重。情緒藏得越好，表示心裡的傷越重。」

「怎麼會……」

「趁這機會，我想跟您說一聲。最好不要再去車禍現場獻花了。」

十萬里將十字路口的女子說的話一鼓作氣說出來。麻實子默默聽到最後，猛地抬起頭，低聲說道：「不要以為妳很了解我的心情。」

十萬里早料到了。但是，女兒們的青少年期快結束了，如果直到長大都沒有感受到母愛，將來實在令人擔憂。

「再過幾年，您的女兒就長大了。她們會變成心裡有缺憾的大人的。」

到時就後悔莫及了。太太，您現在應該還無法接受他人的意見，但我是不會放棄的。

「祐介是我的一切。」

「可是，兩位女兒也跟兒子一樣，都是您的孩子呀。您的女兒非常渴望媽媽的愛。」

「不要講得好像妳很懂似的！」

麻實子尖銳的語氣，令十萬里卻步了。這年頭不流行雞婆，只會惹人嫌而已。就像對沉浸於愛河中的年輕女孩說「那個男人不好」，人家也不會聽。只有等當事人嚐到苦頭，才會醒悟過來。但是教育永遠不能等。

「太太，您或許會覺得我多管閒事……」

「不要再來我家了！」

麻實子大叫。

年關將近時，十萬里回鄉了。當天下午，她帶著東京名產——舟和的芋頭羊羹，拜訪阿姨家。阿姨的三個兒子也都各自遠離家鄉，在都市工作。三個人都會在除夕那天回來，阿姨在家專心處理年菜，姨丈則去圍棋會所下棋。

阿姨很高興見到十萬里，於是停下手邊的工作，兩人圍著被爐桌閒聊。阿姨泡了抹茶，還端出剛做好的年菜之一——栗金飩。電視播的是歌唱節目，此時剛好唱到「要是你活著就好了」這句歌詞。阿姨忽地倒抽一口氣，關掉電視。

過了半晌，門口傳來聲音。

「我把傳閱板帶來囉。」

發話者是男性。是隔壁的先生嗎？

阿姨擱下吃到一半的羊羹，過去應門。「今年多虧您的關照，明年也請多多指教。」

阿姨的聲音不帶一絲情感，只是公事公辦。聽著這聲音，十萬里不禁暗想：阿姨應該不大喜歡隔壁的先生吧。

「說起來，早苗也過世五十年了吧。時間果然是療傷最好的解藥，我看太太妳也好很多了，真是太好了。」

「明年町內會是由誰負責呢？」

阿姨迅速轉移話題。

「明年是大田先生啦。話說回來，人就是要跨越難關，才能有所成長啊。」

聽那語氣，想像得出那男人高談闊論的樣子。

「才沒這回事呢。」阿姨的語氣變得堅決。「我說呀，世界上根本沒有哪個做媽媽的，能藉由時間痊癒啦。我沒有一天不想到早苗，現在也是難過得快哭出來，這份心情，一輩子都不會變淡的。」

鴉雀無聲。

隔壁的先生，應該沒料到阿姨會這麼大聲，所以嚇得說不出話吧。

「什麼人就是要跨越難關才能成長，請你不要在我面前再提起這句話。孩子死掉才能得到好處，這種好處我才不要。若是孩子能死而復生，我寧願不要成長。還是說，您的意思是，我在早苗過世之前，是一個很不成熟的人？」

「沒有啦，對不起。太太，真的很抱歉。」

大門應聲關上，腳步聲越來越遠。接著，阿姨沒有回到客廳，而是直接走入廚房。大概是想一個人哭泣吧。看來該走了。十萬里正要起身時，阿姨剛好抱著兩罐迷你啤酒跟一袋米果進來。

「十萬里，陪阿姨喝一杯吧。」

阿姨沒有哭，而且一臉平靜。是強裝鎮定嗎？

「不用擔心，我沒事啦。我在大兒子的建議之下開始參加集會，已經跟以前不同囉。」

「什麼集會？」

希望不是什麼奇怪的新興宗教才好——十萬里擔心起來了。

「是一個沒有人想參加的集會啦。我進了『喪子父母會』。以前我以為全世界只有自己最倒楣，畢竟放眼望去，到處都是幸福洋溢的家庭嘛。所以，我以為只有自己嚐到白髮人送黑髮人的痛苦，但其實不是，很多人都跟我有一樣的經驗。」

阿姨拉開啤酒罐的拉環。「我知道隔壁的先生沒有惡意。」

她抓起一把米果，送入口中。「可是，每年都聽到這種話，實在是很討厭。早苗剛死時，很多人也過來安慰我，可是我聽了不僅心情沒有變好，反而越聽越氣、越難過。可是呢，進了『喪子父母會』之後，我才知道他們的安慰是來自於無知。集會裡的人主張『不管別人說什麼，都不要放在心上』，可是我不認同。應該讓無知的人知道真相，這也是為彼此著想。這麼簡單的道理，我花了五十年才想通。」

今後，隔壁的先生應該不會再說出不該說的話了。然後他會告訴老婆，老婆會告訴左鄰右舍……久而久之，阿姨就能少聽些自以為是的安慰，也能稍微遠離壓力與憤怒了。

麻實子是不是也該加入那類集會？若是認識一些能分享彼此悲傷的夥伴，或許她就能變得積極一點了。回家之後，趕快上網查查看有哪些集會。

孩子去世的原因有很多種。車禍、生病、自殺、他殺……

如果子女死因相同，家長之間應該更能產生歸屬感，緩解孤獨。不過，車禍去世也分成很多種，不能一概而論；比如子女酒後開車撞上電線桿而死，跟子女被卡車撞死，兩方家長的心情應該不一樣吧？有沒有哪種集會，專門收留跟麻實子狀況相同的人？明顯錯在駕駛身上，就算想恨駕駛，駕駛也死了……而且最好死掉的是男孩，又恰好是國中生……不，再怎麼說，集會也不可能分得這麼細吧。

啊！對了，那場車禍中，除了麻實子的兒子，不是還有兩個國中男生也去世了嗎？那兩個學生的父母現在在哪裡，過著怎樣的生活呢？

過完年後，十萬里一回東京，便火速趕往國會圖書館，找出當年的新聞報導。

——＊日早上八點多，開星國中（東京都千代田區）的三名二年級男學生接連遭到卡車輾斃。三名男學生送醫後，不治死亡。死者為池田祐介（十三歲）、竹田勇樹（十四歲）、森村太郎（十三歲）。肇事駕駛笹田洋二（四十二歲）直接撞上電線桿，當場死亡。

有沒有辦法聯絡上另外兩位母親？十萬里將報導影印下來，徑直從圖書館前往開星國中。儘管很可能被校方以保護個資的理由拒絕，還是姑且問問看吧。

校方帶十萬里到會客室等候，不久，一名三十歲左右的消瘦男子走了進來。

「敝姓野村。我是那三名罹難男學生的班導。」

想不到竟然能見到當年的班導。私立學校的老師不用調職，在這種時候真是幫了大忙。他說當時他才大學畢業三年。雙方彼此交換名片，接著校長也進來打招呼。

十萬里談起麻實子消極散漫的生活。年輕班導不時落淚，校長也頻頻點頭，專心傾聽。

「那起車禍發生時，才剛重新編班不久，春天的親師會談也還沒開始，所以媽媽們彼此還不認識。意外發生後，校方應該主動介紹家長們認識，可是我們校內也一團亂……」

「方便給我竹田太太跟森村太太的聯絡方式嗎？」

「您也知道，基於個資保護法，我們不能透露家屬的聯絡方式。不過，我們可以向兩位家長轉達您的來意，看家長願不願意主動聯絡您，您覺得呢？」

「這樣很好，謝謝您。」

十萬里從包包裡取出兩封寫給家長的信。「能不能幫我轉交呢？」

「沒問題。」

校長恭敬地收下兩封信。

幾天後，兩位母親主動聯絡，於是包含麻實子與十萬里在內，四人約了一天出來見面。十萬里抵達約定的飯店大廳酒吧時，距離約好的時間還有二十分鐘，麻實子卻早就到了。

「今天多謝您了。」

麻實子站起來，深深一鞠躬，看起來跟在家時簡直判若兩人。四十多歲的她，穿起駝色洋裝依然清新脫俗，苗條美麗。直到現在，十萬里才意識到：她以前真的是空服員。

「那天之後過得如何？整理方面有進展嗎？」

「……不，完全沒有。」

「這樣呀。」

那天吵架分開後，這是兩人第一次見面，氣氛實在尷尬。

此時，一名女子朝兩人走了過來。大廳酒吧人很多，但或許是十萬里上過電視的關係吧，她毫不猶豫地筆直走來。不過，她有點蒼老，看不出來跟麻實子是同輩。

「兩位好，我是森村太郎的媽媽，小夜子。」

十萬里跟麻實子站了起來，一名年輕棕髮女子也從小夜子後方現身。她穿著迷你裙跟西部牛仔靴，看起來年輕時應該挺叛逆的。

「我是竹田勇樹的媽媽，竹田美香。」

美香抬高下巴，當做是打招呼。

四人圍桌而坐，各自點了飲料。

「我是高齡產婦，今年五十五歲了。我還比十萬里老師大一歲呢。」

小夜子似乎看出大家心中的疑問，於是自報年齡。她住在埼玉縣大宮區。

「竹田太太好年輕喔。」小夜子對美香說道。

「我生勇樹時才十九歲，現在還勉強算是三開頭啦。」

語氣也很輕浮。看不出來是會送兒子讀開星國中的知識階級家庭。

「我家老公比我大十五歲，是牙醫啦。我去看牙的時候被他搭訕，所以就在一起了。」

美香似乎也看出大家的疑問，娓娓道來。「我公婆很注重教育，我二兒子也報名開星入學考，可是落榜，現在在上公立學校。勇樹生前腦袋很好，運動也很強，所以公婆對他自豪得很呢。反觀二兒子呢，大概是像我吧，讀書跟運動都不行，但也沒關係啦！活著我就很滿意了。」

明明才第一次見面，美香卻能對大家坦率地侃侃而談，化解了尷尬的氣氛。

「我呀，發生車禍一年後就離婚了。」小夜子也不再拘謹了。「我死也不肯面對太郎死掉的事實。治療不孕治療了那麼多年，好不容易才有這麼一個小孩。其實我並不想離婚，因為能跟我一起緬懷太郎的，只有我先生。」

「那妳幹嘛離婚？」

小夜子的年紀大得幾乎能當美香的媽媽，但美香的語氣依然像面對平輩一樣。

「婆婆逼我離婚的。她就是想抱孫子。先生跟我離婚後，在婆婆的強勢主導下，才一個月就跟年輕女人再婚了。現在好像有兩個小孩。離婚前我是專職主婦，所以沒有工作，無法自力更生，只好回娘家住。去年我爸爸過世，現在跟媽媽相依為命，靠著打工收入跟媽媽的年金勉強度日。池田太太，妳還有其他小孩嗎？」

「嗯，有呀。」麻實子小聲回答。「有兩個女兒。」

「哇，好羨慕喔。」

小夜子一說，麻實子倏地垂下眼。

「在整理師十萬里老師面前講這種話，好像不大好……」美香親暱地望向十萬里。「我呀，自從勇樹不在，我就想：幹嘛打掃？早知勇樹那麼早過世，我就不做什麼家事了，寧願整天陪勇樹聊天。」

「我呢，自從發生車禍，我就無法容忍其他家庭正常生活。為什麼偏偏是我家的孩子？一想到這裡……」小夜子說不下去了。

「我懂。每次聽其他家庭聊自己家的事，什麼小孩近視要戴眼鏡啦、成績變差啦、在棒球隊當萬年板凳啦，這些事情都是大事對吧？小孩還活著的家庭，每天都過著同樣的生活，可是我們家自從勇樹去世，生活就回不去了。就算表面上一樣，心境也完全不同。」

「這種傷痛，不管經過多少時間都治不好。」

「嗯，就是說啊。」

小夜子跟美香聊得盡興，麻實子則用蚊子般的聲音附和道「就是說呀」「原來如此」，一邊啜飲咖啡。

「每次聽到別人說『妳要連同孩子的份努力活下去啊』，我就想揍扁他。」美香說。

「我還催眠自己，對自己說：『我現在正代替太郎活著，必須好好善用他失去的時間，開朗樂觀地活下去才行。』可是，心底還是開朗不起來。」

「勇樹一直活在我心中喔，簡單說來，我們倆是一心同體。所以，勇樹每年都會多一歲，現在都十九歲了。而且啊，我還任意想像，他現在上了帝都大學醫學院呢。」

「帝都大學？而且是醫學院？也太厲害了吧。」

小夜子一笑，麻實子也微微笑了。

「畢竟他上了開星國中，當然有可能上醫學院囉。」美香嘟起嘴脣。「不過……」美香頓了一下。「其實呢，只要他活著，就算高中肄業當打工族，也沒有關係。」

「嗯，沒錯……」小夜子說。

美香嚥下唾液，咬緊牙根強忍淚水。

氣氛頓時有些凝重。

「池田太太呢？」小夜子將話鋒轉向麻實子。

「我……祐介在我心中並沒有長大，一直是十三歲。」

「我家太郎也一直是國中生，看來每個人都不一樣呢。話說回來，今天能光明正大聊兒子，真是太開心了。我還是第一次聊得這麼盡興呢。」

「我也是。以前，我都沒機會跟別人聊到祐介。」麻實子終於主動發言了。「其他人怕傷害我，所以完全不敢提到祐介；可是我一天也沒有忘了他，聊起那孩子是再自然不過了。」

「就是說呀。其他人好像怕說了會讓我想起兒子，傷口又會裂開，可是傷口根本沒癒合，哪有什麼裂開不裂開？」小夜子說。

「可是啊，勇樹只活在我心中，感覺還是怪寂寞的。所以，我常常跟老公還有二兒子聊起勇樹，這樣我會覺得勇樹還活在大家心中，我的心情，也稍微輕鬆了一點。」美香說。

以前的人怎麼辦？十萬里心想。從前營養跟衛生狀況都不好，醫藥也不發達，孩子常常夭折，而且這並不是很久以前的事。人們是如何走出傷痛的呢？現在平均壽命增加，人人都長壽；醫藥發達，生病不怕治不好。生活在現代的人們，是不是不知道該如何面對失去？

真想請先人指點迷津啊！但轉念一想，不管是什麼時代，應該沒有人能走出失去孩子的傷痛吧。只是以前夭折的孩子很多，所以大家能分享彼此的喪子之痛罷了。

「痛苦的人不只是我，大家都很辛苦」，就是這份心情，安慰了每一個父母。

「勇樹過世一年後，我老公開了牙醫診所，所以我們就趁機賣掉房子，搬去遠一點的地方。我想去一個沒有人認識我的地方，因為我實在受不了，連走在路上都要聽一些自以為是的安慰。新家附近沒有人知道勇樹去世，我現在輕鬆多了。」

「照三餐噓寒問暖，根本是精神轟炸。」小夜子沉靜地說道。

「這件洋裝呀，是我為了今天特地買的。」

麻實子突然改變話題，接著撩起身上的駝色洋裝裙襬。

「這件好高級喔！我也想要，妳在哪裡買的？」美香的直率令人又無奈又好笑，活絡了氣氛。

「銀座一家叫做Old Rose的精品店。我跟店員說要穿新衣服去參加媽媽聚會，結果店員問我有幾個小孩。」

現場頓時一陣沉默。美香跟小夜子屏住氣息，注視著麻實子的嘴唇。

「我說三個。」

「那還用說，換作是我，也是回答兩個啊。雖然勇樹不在了，但我確實生過他啊。」

「是啊，我也會說自己有一個兒子。」

麻實子聽了兩人的答案，不禁笑逐顏開。

「祐介過世不久，公婆安排我們全家出門吃飯。餐廳主廚是我公公的老朋友，所以特地從廚房走出來，向我們介紹菜色。他問：『您有幾個孫子？』我們所有人當場愣住，然後我先生趕緊回答：『有兩個女兒。』他沒有把祐介算進去。從那天起，我跟先生之間就有了芥蒂。」

「妳先生應該是為大家著想才這麼說吧。如果他說有三個小孩，主廚可能會問『那另一個怎麼沒來呢』，你們只好提起車禍，導致主廚聽了一臉尷尬，暗想自己說錯話了。」

「這……其實我也知道。」

「妳就原諒他吧。」

「……我考慮看看。」

「唉，說得那麼好聽，但其實我也對老公很不爽。勇樹剛走那段時間，我整天穿著那孩子最喜歡的夾克，因為那上面有勇樹的味道嘛。結果我老公居然說什麼很詭異、不吉利，我就賞他一發迴旋踢。」

「咦！迴旋踢？」

所有人都笑了。

「因為，無論是勇樹生下來或是車禍去世，都不是什麼需要避諱的祕密啊。」

「對啊，大可光明正大為他哀悼嘛。聞聞夾克的味道有什麼關係。」

小夜子說完，麻實子也頻頻點頭。她現在是否也緊抓著兒子的衣服不放呢？

「話說回來，大家都過得很好，真是不簡單。」小夜子哀怨地說道。「池田太太特地去銀座買洋裝，而竹田太太雖然對牙醫老公有點微詞，但夫妻感情好，二兒子也養得很好。哪像我，自從太郎過世，我覺得一切都沒了意義。以前我常上髮廊，也會去美甲沙龍做指甲；畢竟是高齡產婦，所以我為了兒子努力打理外表，想讓自己看起來年輕一點。以前我也對拼布有興趣，還特地去拼布教室學了一陣子，結果太郎一死，一切都失去意義了。」

「我也一樣呀。這次去銀座，可是祐介過世後頭一遭呢。我不做家事，整個家亂七八糟，連婆婆都看不下去，只好請十萬里老師來指導呢。」

「哎呀，原來是這樣呀。」小夜子為之一驚。

「哎唷，拜託妳早點說嘛。我還以為池田太太是模範家庭主婦，愛乾淨到不惜請十萬里老師來傳授祕訣呢。我媽也整天唸我，說什麼『美香，失去孩子是老天爺對妳最大的考驗，如果妳能努力站起來，天上的勇樹』……」說到這兒，美香不禁哽咽。

「『勇樹……勇樹一定會誇獎妳的』……」

美香將臉埋在手帕裡，悶聲哭泣。麻實子跟小夜子見狀，也不禁用手帕遮住眼睛，抽搭了起來。周遭的客人全都看著她們。

三人不斷哭泣。兒子過世五年了，這些年來所壓抑的悲傷，在這一刻傾瀉而出。十萬里看著看著也差點落淚，但想到自己又不是喪子的母親，憑什麼湊熱鬧，只好努力按捺。

過了半晌，小夜子抬起頭，一邊吸著鼻水，一邊詢問十萬里：

「從客觀角度看來，將來我們有可能走出這份悲痛嗎？」

儘管十萬里沒有喪子的經驗，卻也從阿姨身上學會了不少道理。希望多少能幫上忙。

「我想……大概一輩子都走不出來吧。」

美香一聽，不禁噗哧一笑。滿面淚水的小夜子也大聲笑出來，連麻實子也紅著鼻子咯咯笑。周遭的人又同時轉過頭來，他們一定覺得：這群大嬸一會兒哭一會兒笑，也未免太忙了吧。

「一輩子都走不出來——講話這麼直的人，也只有十萬里老師了。」小夜子說。

「就是說啊。其他人都說什麼『悲傷很快就會過去的』，說得倒輕鬆。自從勇樹走後，我的個性就變了。說得做作一點，就是我開始懂得別人的傷痛了。以前我都覺得，別人的事情關我什麼事啊。」

麻實子跟小夜子雙雙點頭。

「不過呢，要是勇樹還活著，說不定我就一輩子都是個不懂別人痛苦的人了。」

「沒錯。」小夜子說。

「我啊……」美香又開始邊說邊落淚，捏緊手帕。「我啊，我好想……我好想念勇樹。好想勇樹喔！」

多麼悲痛的吶喊。下一秒，三人又開始嚎啕痛哭。周遭的人又轉過來了，但是誰在意他們呢？十萬里心想，這三位媽媽在孩子生前與逝後，個性鐵定截然不同。孩子的死，會完全改變一個人。

「請容我多嘴，」待三人哭完後，十萬里提出建議。「三位不妨一年聚會一次，寫信給兒子，如何？」

「寫信？」

雙眼紅腫的麻實子納悶地問道。

「寫好之後，大家輪流看彼此的信，然後在新年的歲德燒[22]儀式中把信燒掉。因為那些灰燼，會升上天國。」

十萬里阿姨所參加的集會，最近正開始做這件事。

「嗯，好啊。十萬里老師，真的很謝謝妳。很高興妳找我來，我覺得心情好一點了。」

「我也是。多虧這一趟，我才能調整心態，好好面對一輩子無法癒合的傷痛。」小夜子說。

「真的，我很慶幸來這一趟。這都是十萬里老師的功勞。」麻實子說。

這次聚會真是辦對了。麻實子終於說出了真心話。有了同伴的她，心態應該也能稍微正向一點了。

某天夜裡，麻實子的婆婆打電話來。

——對不起，我沒在檢測表寫上孫子過世的事情。

「為什麼不寫呢？」

——因為我想要妳在毫無心理準備的情況下去那個家。我想讓麻實子看看，當妳知道整個家只有她兒子生前的房間維持乾淨時，表情有多震驚。我想藉此點醒她，讓她知道這在別人眼中有多奇怪。她其實很聰明，所以一定懂妳的表情。

「對不起，我沒盡到指導整理的責任。」

——千萬別這麼說。謝謝妳給她這麼多忠告。而且，多虧有妳，麻實子變了。她不僅把廚房整理乾淨，還開始好好做晚餐了。

「真的嗎？」

——大概是妳的建議慢慢生效了吧。這種事很常見啊。忠言逆耳，大家都不喜歡聽不好聽的話，但事後會開始反覆思考。

她的話不知幾分是真、幾分是假，人不可能變得那麼快。

不過，婆婆似乎是個好人。她說這番話，大概是為了十萬里著想吧。

在那之後，日子忙碌了起來，十萬里也不再想起麻實子。

將近夏季尾聲時，新案主的家就在麻實子所住的官舍上一站，十萬里臨時心血來潮，便順路去車禍現場看看。十字路口的電線桿下方沒有花。正想折返時，豪宅那位家庭主婦走了出來，笑嘻嘻地遞出十萬里寫的《你整理，我幫忙》跟簽字筆。

「能不能幫我簽名？」

「好，沒問題。」

十萬里一口答應，順便問起麻實子。

「忘記是什麼時候了，有三位女性來到電線桿下，其中一位就是那個池田太太。她們雙手合十，禱告了好久好久。」

當時家庭主婦邊整理花草邊觀察她們，不料麻實子卻過來搭話。

——我以後不會再獻花了。長久以來，給您添麻煩了。

說完，她深深一鞠躬。

「我是很感謝她的體諒啦，但總覺得怪可憐的。不知道該怎麼安慰她才好。」

家庭主婦沉靜地說道。

十萬里走向車站，遇見了菜菜美。

「哎呀，菜菜美，好巧喔。」

其實一點都不巧。她是看準放學時間，故意堵菜菜美的。「要不要一起吃甜甜圈呢？」

菜菜美露齒一笑，一邊說「不好意思囉，大嬸」，一邊跟過來。跟以前比起來，她不再盛氣凌人，髮色變黑，也不戴假睫毛了。

「在那之後，大家過得怎麼樣？家裡變乾淨了嗎？」

「我們全家趁著暑假丟了好多垃圾，而且還重新分配房間呢。最大的那間老哥的房間變成爸比跟媽咪的房間，老姊搬到媽咪的房間。我還是同一間房間，但是少了老姊，房間大多了。」

「這樣呀，真是太好了。那令兄的遺物呢？」

「媽咪把那些東西塞進紙箱，收到衣櫃深處了。爸比的睡袋也一併丟了。然後呢，爸比排了休假，跟媽咪兩個人一起去夏威夷玩呢。那段期間，我跟老姊就在外婆家大吃大喝、猛看漫畫。」

「那功課方面呢？請家教了嗎？」

「沒有耶。我們沒有請家教，而是由媽咪教我英文，爸比教我數學。媽咪真不愧當過空姐，發音好標準喔。反觀老爸，堂堂一個帝都大學畢業生，連國三數學都答錯，丟臉丟到家了。」

「沙耶加過得好嗎？」

「老樣子，還是很誇張，活在妄想的世界裡。這個月她還說想當個小學生，整天黏著媽咪撒嬌呢。瞧她還跟媽咪一起做菜、一起折衣服，我真是看不下去。一把年紀了還跟個白痴一樣。一般來說，高中生已經是大嬸了耶。」

說到這兒，菜菜美用力縮起腮幫子，用吸管猛吸奶昔。「對了，媽咪說她想見妳喔，大嬸。」

「哎呀，怎麼突然想見我呢？」

「她說還是想請妳教她整理家裡。現在才講，也太後知後覺了吧。有兩個大嬸的兒子也在老哥那場車禍中過世，她們兩個跟媽咪常常聚會，可是在咖啡廳跟餐廳又不能大哭或是大罵。罵什麼呢？罵害死老哥他們的駕駛啊。那個駕駛是當場死亡沒錯，可是她們心裡還是有一股怨氣。我們家不是離開星國中很近嗎？那兩個媽媽來參加過幾次親師座談，對這一帶很熟，所以媽咪說約在我們家聚會最適合了。既然有客人要來，當然要把家裡弄乾淨囉。」

「菜菜美，請幫我轉告令堂。想整理家裡，務必找大庭十萬里。」

「嗯，好啊，我會告訴她的。」

這下子，可得從頭好好打掃囉。十萬里最喜歡打掃了。看著房子轉眼間變乾淨，是多麼暢快啊。十萬里的家總是整理得很乾淨，一點也不好玩。

一想像麻實子家變乾淨的模樣，心情就雀躍了起來。

⑯ 混合三種材料的建築用土壤，通常用來製作土間的地板。
⑰ 收納和服時用來包裝的紙。
⑱ 以上皆為和服配件。
⑲ 比喻放進五斗櫃後就再也不拿出來的物品。
⑳ 家裡有七歲、五歲、三歲孩童的家庭，會去神社或寺廟參拜，祈求孩童健康長大。
㉑ 日本的忌日分成一年祭拜一次的「命日」跟每月祭拜一次的「月命日」，月命日每年要拜十一次，當事者往生的那個月不用拜。
㉒ 日本的新年習俗，在每年一月十四至十五日將新年擺飾燒掉，並藉由其產生的煙，將新年期間降臨人間的神明請回天上。

你的人生，我來整理

あなたの人生、片づけます

作　　者　垣谷美雨
譯　　者　林佩瑾
執行編輯　顏妤安
行銷企劃　劉妍伶
封面設計　謝佳穎
版面構成　呂明蓁
發 行 人　王榮文
出版發行　遠流出版事業股份有限公司
地　　址　臺北市南昌路2段81號6樓
客服電話　02-2392-6899
傳　　真　02-2392-6658
郵　　撥　0189456-1
著作權顧問　蕭雄淋律師

2020年9月30日 初版一刷
定價 新台幣370元

ISBN 978-957-32-8880-0
遠流博識網 http://www.ylib.com
E-mail：ylib@ylib.com
（如有缺頁或破損，請寄回更換）

圖書館出版品預行編目 (CIP) 資料

你的人生，我來整理 / 垣谷美雨著；林佩瑾譯. -- 初版. -- 臺北市：遠流，2020.10
面；　公分
譯自：あなたの人生、片づけます

ISBN 978-957-32-8880-0(平裝)

861.57　　　　109013812